【推薦序】

那顆躍動的心

憲宇傳訊給我，他在小林村陪伴鄉親的歷程也將成書，囑咐我寫序，我立即回傳說好。其後一直等待書稿，期盼再讀到他以熟練的語句，傳達出自然而無做作的、那對人深深的關懷。多年前，他與原住民孩子們相遇寫下的《山海日記》，至今雖已回憶不出具體細節，但那份真誠引發的感動，則仍然歷歷如新。

讀著每個篇章，我再次找回對憲宇那熟悉的感覺。第一章中，他決定上小林的種種擔憂、準備與猶疑，還有那句「德不孤，必有鄰」，觸動了長久埋存的記憶。四十多年前的大學時代，一群社團好友常常固定去育幼院，最後決定共同籌組慈幼社。當年的種種心境，隨著憲宇的文字慢慢再次浮現……。

年輕躍動的心，蘊含著無邪的關懷，是我當時初始的動力。而當需要負起規畫與執行責任時，就必須瞻前顧後、事事要求圓滿。憲宇一開始心裡的種種躊躇，與法師、友人們的來回討論，以及上山前告知夥伴們應有的心態準備，幾乎與我當年完全相同！那時我接下四間育幼院的課業輔導工作，事前一一拜訪、請教對這群大學生有何期望與要求、院裡的生活規範等等。另一方面，則邀集大家討論教學法與心理輔導基本技巧。多頭奔忙，卻不以為苦。憲宇的字句，讓我憶起四十年前那份助人的熱忱。也或許正是那份無以名狀的熱忱，支持我走向臨床心理學的教學與研究工作，晃眼四十多年。

二、三兩章中，憲宇細緻地描寫了孩子與鄉親們的成長，以及夥伴們踏著「差錯」卻仍繼續努力向前的勇氣，更多則是因付出而得來的收穫與交流。九二一之後，我與東勢鄉親們相互學習了十多年，至今已成為生活中相互照顧的「老朋友」（反映於《東勢人與臺大人的九二一地震十年課》一書），相信憲宇與夥伴們早已成為小林鄉親們的好朋友。

我很贊同也佩服這群年輕人「蹲點」災區，發揮自然的慈悲心與平常心，依著人、時、地的流動而使用「方便」法門，試著從付出獲得滿滿的收穫。相信讀者們閱讀之後，也會豐收！

臺大心理學系名譽教授

【推薦序】

十年師生緣

我的一生，充滿了幸福與快樂。教書幾十年來，常常能遇到很多志同道合的優秀學生。青出於藍猶勝於藍，讓我滿懷喜悅和感恩。而憲宇，正是讓我想到就微笑的其中一位。

初識憲宇，已是二〇〇三年，十年前的事。那時他來選修我在臺大圖資系開設的「兒童讀物」這門課。憲宇雖是心理系來選修，表現卻不俗，寫來的報告實在精彩。那時，他極愛已故的少年小說家——李潼先生的作品。一篇期中報告就寫李潼，寫得真好，於是我給了他李潼的地址，要他把這篇報告寄去。不久之後，李潼也回信給他，讓他興奮了好一陣子。

現在想來，憲宇與李潼，真有這麼一點兒相似。面對這大千人間，他們都抱有一種真切的溫度。還記得收到憲宇的第一本著作《山海日記》時，我打開來看，便停不下來了，很多時候被感動流淚。憲宇對自然與人的愛，在文中流露無遺。他是那麼用心去對待那些原住民的孩子，這是時下青年十分少見的。

大學畢業後，憲宇依然與我保持聯絡，教師節也會寫卡片來問候。信中偶爾會放幾篇日記，讓我知道他的近況與心境。讀他的日記，真是一種享受！這十年，憲宇把時間幾乎都投注在弱勢孩子的教育工作上，所寫的文字，大部分是他在第一線面對孩子所發生的故事。我看到一位深具覺察、理想與行動力的人，不斷實踐他對這個世界的關懷。

八八水災後，憲宇告訴我，他將與一群年輕人走進小林村，希望能陪伴小林的孩子走過傷痛。遠在臺北的我，無法到場響應，只能在遠方為他加油。時光悠悠，八八水災已過了四年多，憲宇在小林村寫下的日記，也終於要集結出版。翻開此書，憲宇那溫暖真誠的文字，再次讓我動容。我特別喜歡讀他寫給夥伴的信，這些信讓我們可以感覺到，憲宇不只珍愛著孩子，也用同樣的心情愛護著這群青年。他已不是《山海日記》那時的獨行少年，而是成為更圓熟、更謙卑的領導者，帶領更多青年走進生命的現場。

憲宇在本書其中一篇，提及我曾寄了紅包給孩子們，其實我早已忘了這件事。若真的有，也要感謝憲宇，讓我有機會與小林的孩子結緣。而能為憲宇的書作序，也讓我有難以言盡的喜悅。十年過去，他依然保有那顆柔軟的心，投身於他所鍾愛的領域。有幸能參與他這一路的過程，這大概是為人師者，最大的欣慰與幸福了呀！

鄭雪玫
臺大圖書資訊學系教授

【推薦序】

山谷裡的教室

謝謝憲宇用他清明而溫潤的心，將小林陪伴四年來的過程記錄了下來。讓我們有機會回顧、分享那曾經走過的挑戰與學習。

這場臺灣五十年來的大水患，將我牽引到四百公里外的南臺灣，一個常常把「法鼓山」聽成「花果山」的小村莊。除了長距離的跨越外，災後接踵而來的重建工作也遠遠超過我們過往的知識與經驗。在這百廢待舉，又缺乏資源的陌生山區裡，深深體會到個人力量的渺小，只能隨著因緣一路摸索向前。

八八災後，隨著時間過去，各地支援的人力也逐漸退去，如何找到當地、長期、固定的「人力」一直是個需要努力的課題。尤其甲仙離高雄市區來回將近一百五十公里，進小林村還要再開三十分鐘山路，更增添尋覓義工的難度。小林心靈陪伴一開始在週六晚上進行，載著義工的救災車就這麼延著坍塌的山壁小路摸黑前進，當時沒特別感覺，等兩年後，大路修好，往山邊看，小路蜿蜒在一片斷崖山腰間，才知道過往的驚險。小林心靈陪伴能這樣持續四年，想想都覺得感動！

有了基本人力，「到底要做什麼」便是隨之而來的重要問題。一開始團隊對孩子的狀況還不了解，這群青年義工也幾乎沒受過助人專業訓練。不過，他們卻都懷著滿滿的熱忱！想來想去，不如回到人與人之間最單純的對待方式——陪陪孩子，走過這一段心情吧！這也就是小林心靈陪伴一切構思的起源。

既然名為「陪伴」，主體就不是法鼓山、不是義工，而是小林的孩子。在態度上，則是放鬆的、隨順的，就像假日「陪」母親逛市場、逛百貨公司那樣。至於逛哪裡、怎麼逛，甚至哪兒都不去也沒關係。每學期初，我們雖會擬出大方向、大目標，但每次內容則隨人事物條件的不同而彈性變動。過程中孩子可以隨時加進來，又或離開，玩起他們的遊戲。

這樣的活動定位，減少了我們當時的焦慮與不安，也避開了災區現場許多的限制。更重要的是，讓焦點回到「人」、回到「生命」。然而，「陪伴」

這二字，看似簡單，卻帶給我們許多珍貴的挑戰和學習。

首先要學習放下「主導」、「掌控」的角色與習慣，學習「放鬆心情」、「回到現場」、「活在當下」。唯有如此才能聆聽孩子的心情、看見需要，進而給予恰當的回應。這實是不容易的過程，也是我們最常檢討、反思的內涵。

在放下「主導」的同時，當面對孩子無禮的言行，該如何拿捏、介入？在「尊重」、「等待」與「教育」、「要求」之間，要如何取得平衡？在這些思索與實驗的過程中，我們更能理解聖嚴師父所說：「用關懷來達成教育的功能，以教育來完成關懷的任務。」這句話的意涵與智慧。因為沒有關懷，教育是使不上力的；但若只有關懷而沒有教育，人品的提昇與成長則是有限的。

小林心靈陪伴進入穩定期後，這些青年義工愈來愈能體驗「順流而行」的感覺，他們會主動走進孩子的世界，讓「陪伴」隨時隨處持續進行。我們沒有教室，在小林村，孩子所到之處都是我們的「教室」。

無形無相的教室，其實是每一位義工與孩子以心靠心，在關懷、試探、甚至衝突之中，長時間磨出來的一方空間。四年來，這堂不點名、不強迫的課，小林孩子卻仍是持續來，一次又一次地來。山谷裡的教室，不知不覺有了關懷，也有了教育。

回首這一路隨緣走來，其實早已沒有陪伴與被陪伴的區別，而是一場有緣眾生的相會。從臺灣各個角落，因為有心、有緣，我們相聚在甲仙的小林，在這間教室裡，相互學習、共同成長。

山谷裡的教室，已如空中花、水中月，轉眼消逝，但留在彼此生命中的感動與學習卻是深刻而永恆的。很歡喜可以藉著此書，讓小林的孩子記得——曾有這麼多人為他們的生命用心過；也為曾經來過小林的義工夥伴們，記下我們共同走過的努力與感動；更希望讓關心小林村與災區重建工作的您知道——在諸位和社會大眾的護念下，我們的生命已再次抽芽、成長，並持續將這十方匯聚而來的善念與力量，無遠弗屆，無盡傳續！

釋常法

法鼓山僧團三學院僧才培育室法師

【自序】

小林間的一點點

二〇〇九年，是生命中難以忘懷的一年。二月，聖嚴師父捨報。半年後，八八風災侵襲臺灣，是五十年來死傷最慘烈的一場大水。生死永隔的課題，在那一年不斷湧現。災後幾個月，常法法師與我接上線。十天後，小林村第一次活動上路。而後，小林心靈陪伴竟就這麼一次一次接續下去，一走將近四年。

投身災區，是我從未想過的人生規畫，也從不覺得自己有足夠的專業能撫平那生靈之痛。四年後回首，發現這一路的學習、體會與感動，實在太難一言道盡。神明注視的客廳、曬著中藥材的稻埕，我們展開一次次的活動，在充滿變數的現場中，練習站穩腳步、評估後給出恰當的回應。過去累積的經驗都需翻盤解構，以貼近在地的方式重新就位。或許應該說，在那真實的現場中，腦袋裡早已容不下這些步驟。天光之下、大地之上，我們與孩子坦誠相見。交付出去的，早已超越助人專業本身，而是我們整個人，完完整整的全副心神。

孩子待我們，亦復如是。四年陪伴，他們早已沒把我們當外人，少了都市文明的綴飾，小林孩子的性情，一向是清清楚楚的。然而，看來直接了當的他們，卻也有「眼淚不輕彈」的包袱，不管男女皆如此。迴谷深處的傷，非輕易可達，我們明白，於是我們坐下，臨谷迎風等待。

慶幸，坐下來的不只我一人。每次下山，我特別喜歡坐在駕駛座，聽夥伴們吱吱喳喳討論孩子的大小事，當他們一個接一個睡著，只剩我一人迎向山中夜路時，我便感到一種厚實的孤獨，靜悄悄地，那麼淡而遠的信任與交付。對於這些青年，我有一份母親的心情、一份朋友的情誼，更多的，是對他們的尊敬與謝意。這幾年，他們除了照顧了小林的孩子，也照顧了我，讓我繼續保有一顆熱切的心。

我也感恩常法法師。法師對人展現的真誠與溫暖，常常讓我打從心底頂禮。一次我們帶孩子去安養院關懷老人家，坐輪椅的、病床上的、喋喋不休亂罵人的，法師一一走到他們身邊，彎下腰來，為他們移動身體、推輪椅，像哄孩子般，理解他們的需要與心情。這個照顧完了，立刻又去關懷下一個，法師滿場奔走，卻又氣定神閒。那天我跟在他旁邊，為那「我願意蹲伏下來，跟您一起受苦」的無我姿態而震撼。

法師與我們也有很多次珍貴的對話，不僅僅是災區工作，而是一次次直探生命核心、關乎悠長無限生命「如何過？」的抉擇與實踐。這些珍貴的教導，讓我得以在災區繁重的工作之中，常常感受到心靈上的豐實。小林四年，與其說我們響應法師，還不如說，是我們「霸占」了法師，能近距離且密集地跟在法師身邊學習，實是難得之福。

一樣感恩的，還有甲仙安心站前後任站長，我們「山上的媽咪」──燕珠師姊與玲華師姊。夥伴們均非佛教徒，他們卻告訴我，安心站像家一樣溫暖，完全不會感受到「宗教上的壓力」。這種美好的氛圍，都要感謝兩位師姊開放的心胸、溫厚的情意。

邱敏麗老師則是另外一位重要人物。這幾年，她幫我們培訓、整理災區經驗，也親自來了小林村好幾趟。敏麗老師用身體力行示範了心理工作者的「人間性」，我們很幸運有這樣一位前輩，陪我們一起往前走。

這幾年也有許多護送我們上下山的師兄師姊，他們是小林心靈陪伴中，不可或缺的幕後英雄，讓我們安全圓滿近百次的往返。隱身在更後面的，還有每一位夥伴身後的家庭。沒有他們的支持，這些青年不可能現身小林。青年們有膽，他們的父母更得願意捨。對於這些爸爸媽媽們，我常常懷著無盡的感謝。

一群質樸的孩子，一群淳善的青年，一場「什麼都不做」的相遇。因為無欲無求、我們素顏以見，建立了「非專業」但十分厚實的關係。四年下來，小林早已不是「災區」這樣遙遠的符碼，那裡的山谷、那裡的雲水、那裡友善的人情，都已化作我們身體裡的一部分，成為永遠的心靈之憶。

最後，謹以此書獻給敬愛的　聖嚴師父。謝謝您把佛法廣傳人間，謝謝您讓我們記得要發願、記得要懺悔。謝謝您讓我們知道，我們只是小林間的雲、小林間的水、小林間的一點點。

黃憲宇

目次

一、相遇在小林

二、山裡的孩子

三、那些現身的菩薩們

四、返身照見

一、相遇在小林

通往小林村的路，
上上下下、彎彎折折。
一場美好的相遇，
等在山路盡處，
準備悄悄開始。

相對問訊

過年前，接到大學同學冠如的電話。問我現在是否還有餘力進災區幫忙。冠如與我除了是大學好友外，在信仰上也是引我入門的善知識。大三那年她第一次帶我去農禪寺當義工，見到了聖嚴師父，也開啟我和法鼓山的因緣。

大學畢業後我上法鼓山短期出家，隨後入伍，去了花蓮太魯閣服役，退伍後繼續留在東部工作。這些年她則完成了臨床心理學的碩士學位，正式成為了一個心理師。畢業後，她也想到東部服務，有次她到東華大學來找我，順便參加學生輔導中心的面試。後來她沒選擇東華，反而去了更遠的玉里榮民醫院。

緣分神奇，我們兩個就是如此，在專業上、信仰上、甚至地理位置上，也是這麼一前一後地相似而靠近。話雖如此，我們卻極少聯繫。這次接到她電話時，她告訴我，她已經離開了玉里，在法鼓山慈善基金會擔任專職，參與法鼓山在國內、外的救災工作。

也因此，莫拉克風災重創南臺灣後，她即銜命南下。跟我聯繫上時，她已在災區忙了將近半年。

同學有需，噢，不對！是災區有需，當然該起而響應。八八水災發生後，我想對很多人來說，都有想衝進災區的念頭。只是對於在「災區需要什麼？」以及「自己能做什麼？」這兩個命題上，我一直存在很多的焦慮。

法鼓山從九二一地震開始，在中部開展了「安心服務站」這樣的社區工作據點，以聖嚴法師的「四安」——安心、安身、安家、安業為主軸，核心目標則是「心靈重建」。

心靈重建，這多難多纖細啊，一不小心，我們豈非成為「價值觀的殖民者」？

對於身體、生命上的救援，大概沒什麼爭議。然而，隨著救災工作進入重建期，許多「助人的倫理議題」也就慢慢浮現。在生活重建的選擇上，我們覺得的「好」，是災區的居民也能認同的「好」嗎？

在助人工作上，案主有所謂的「自願性案主」和「非自願性案主」。通常，自願性案主因為具備動機與自主選擇性，就能和助人工作者發展出對等且合作的關係，後續發展也是比較能期待的。非自願性案主的情形則恰好相反，助人與被助的雙方不得已碰在一起，能走出什麼未來，往往難以預期。

那天災呢？災區民眾們的「受助意願」該如何歸屬？一場意外的巨大災難後，本來安然的人掉落了，他們的需求雖是迫切，卻是不得已的狀況使然。而天災的嚴重與迫切性，又使助人者與被助者間的權力不對等，天地殊懸。

災區民眾需不需要幫忙？需要，非常需要！需求的明顯，也使「助人的正當性」變成「無庸置疑」的一件事。在號召社會大眾的愛心上，這樣的無庸置疑，使資源得以迅速到位。然而，第一線的助人者若沒自覺到如此權力的不對等，而抱持著「過度悲憫」的心態「君臨」災區，對災區民眾來說，不但沒幫上忙，還會造成「二度傷害」。

災區民眾不是渴望幫忙的自願性案主嗎？是的，家破人亡，他們確實需要社會大眾適時的援手，但他們也需要自尊。「不食嗟來食」，古人尚且如此，今人不也如是？

這就是我焦慮的所在。

想了很久，決定先和法師約定時間，上山看看在地的需求。今天，終於開車出發，從屏東沿著臺二十一線往北去，目的地——法鼓山甲仙安心站。

途經旗山、美濃、杉林，見到了慈濟在杉林鄉的大愛園區、紅十字會的組合屋。自己目前服務的永齡基金會，也緊接兩個園區之後，整理出一片有機農場。過杉林後，路就泥濘多了，幾個地方車子還必須開下河床，從塵土飛揚的便橋上駛過。兩旁的山不再青翠，盡是土石崩塌後的灰色世界。「世間無常，國土危脆」，這種體驗若非親身走過，還真難有深刻的體驗。

八八水災後，法鼓山在甲仙成立安心服務站，展開協助救援與重建的工作。

在甲仙安心站遇到常法法師，聊什麼的細節就不多說了。最後確定的是，過年後我應該每週固定去一、兩天，待在那裡看看有什麼可幫忙處。我的主要對象是孩子，小林國小的孩子，有二十九人。

慶幸的是，法師的觀念與我類似，即是秉持著聖嚴師父在《用四安重建希望家園》裡的開示：「絕對不談宗教，純粹只是為了救災。」我們的想法很單純，找一群有時間有心的朋友。（但不要太有心，太有心就變成執著，就會只看到自己想看到的事情！）放輕鬆一點，不要把自己想得很偉大。就只是去那裡和他們在一起，單純的在一起，當作一場生命的相遇。

相對問訊。

四封信

之一

法師：

阿彌陀佛，我是憲宇。抱歉一陣子沒跟您聯繫，請多包涵。這陣子工作忙，我也不斷思索未來自己能承諾的部分，究竟有多少。至於要做什麼，也很難具體說明。

我的想法是——不要活在想像中，自己幻想小林孩子的需要。應該要花一段時間，跟他們在一起一陣子，再慢慢爬梳整理自己能做的事情。然而，對我這個遠距離的人來說，我又能有多少時間，慢慢看見他們的處境和需要呢？這是讓我很不安的。

上次從甲仙和您談完之後，回來我寫了一篇日記——〈相對問訊〉。今天，也寫了一封信給一個花蓮的老朋友韶（他也是法鼓山的弟子）。把這兩篇都附給法師，讓您更理解我的狀態。我覺得在您們面前，許多擔憂是可以攤開來說的。

憲宇其實沒有您想像的有能力，也是一個庸庸碌碌的凡夫。能做多少，不是我一人能成的。盼望法師，仍要繼續尋覓更適合的「長期掌舵手」，才是小林之福！祝福

法體隆安

憲宇　頂禮

之二

韶：

我是憲宇。過年期間謝謝你打電話來，聽到你的聲音，花蓮的一些記憶又跑回來了。

有一個小事，想聽聽你的建言。這個問題在自己周遭的朋友中，大概只

有你最清楚我的「脈絡」。

事情是有關八八水災的。前陣子，我接到好友的信，說現在災區很需要人手，希望我能幫一些忙。八八水災後，慈基會在南部設立了三個安心站，百廢待舉。她請我與法師聯繫。

上週我親自去了一趟甲仙安心站，和常法法師碰面。（不知你是否認識？）法師直接問了我，是否有時間、體力，未來能固定進災區，幫小林國小倖存的孩子們「做些事情」。

客觀條件，包括自己如何兼顧工作、時間安排、人力資源等等，是我自己要去煩惱的。但這之前，我其實對於──「那裡需要什麼，以及我能做什麼」，不太有把握。

法師給我的空間很大，做的事情跟宗教無關也無所謂，他也對「專業進場」持保留態度，希望可以回到比較本來的、人和人之間的。

乍聽之下，這應該是個好事才對，理念也跟我相近。只是，我發現把結構丟掉之後，自己反而對於「能做什麼」非常沒把握。

我現在的想法是——不要坐在家裡空想像。應該要到現場去蹲個一段時間，再來爬梳合適的作法。

但，爬梳也應有規則方法。我擔心自己——看得不夠全面深入，想出些爛招數來。

我記得你過去曾經參與過類似的事情。是否能在「專業和非專業」的層次上，都能給我一些建議？

這真是一個大哉問對不對？你其實也不需想出標準答案給我，或許我只是需要有人持續跟我對談。

另外，我有一個隱憂。當我從「弟子」身分，變成「辦事者」的身分，我不確定能不能拿捏好「工作」跟「信仰」之間的關係。

一直以來，我在體系內就是一個游離分子。這是我自己選擇的定位點，也是我覺得舒服的位置。接下這份工作，我勢必得更靠近了一些。

法師雖然給我很大空間，但我知道，身為一個佛教團體，我們還是存在某些核心精神，是無可迴避的。而，當我是接受十方的經費來辦事的時候，這種責任感，或者說「被期待感」，也會更大。我若有「不得不做」的作法，而又想堅持的時候，這樣的衝突可能會撞擊到，我跟信仰之間的關係。

呵呵，真的是拉拉雜雜說了一堆，先謝謝你耐心讀完。不管如何，我仍記得師父的話：急需要人做，沒有人做的事，我來吧！

無限祝福

憲宇　合十

之三

憲宇：

常法法師，和他碰過幾次。家父及家母在山上擔任義工時也與法師聊到我，也因為輔大的因緣，不過與法師多一面之緣，沒有深談。

看完憲宇的信，我想就是這樣的思考，會讓人把小林的這份工作想要交付給你。如果以我是法師的立場，我也會想到找你。別無其他，就是一個讓人安心。

至於去了會做什麼，或可以做什麼⋯⋯，我一點兒都不認為那是問題。「沒有頭緒的爬梳」，第一次聽到這樣的說法，並不太懂。但似乎可以體會它的滋味。如果以我是憲宇的立場，要考量的是自己有足夠的時間沒。如果時間上安排得過來，法師又有意願託付與我，我會找機會與法師充分討論我的擔心及疑慮，及進去後我會需要的時間及步驟去爬梳⋯⋯或浸泡。如果法師還是有意願託付，我會給自己機會去嘗試。（其實，這同時也是給小林與法鼓山一個機會。）

接下來是專業及非專業的立場。對我來說，我自己的專業立場，對多數人而言並非專業。專業領域中的專業立場，對我來說很多時候反而很不專業。先前與法鼓山到海外義診時，我也完全不知道到那兒可以做什麼。我把自己帶到那兒，看看有什麼可以幫忙的。結果出乎我意料之外地開心及有收穫。

基金會期待我進行評估，我即上網及詢問，找了些簡單的量表。當地居民需要會談，我就陪他們聊聊。人多時透過團體的方式，我帶大家做八式動禪中的幾式，讓大家體會放鬆。大家覺得有趣後再一起聊聊……分享苦及過程。連自己都覺很有收穫。

不只在工作上或義工服務經驗裡，反而很多過於專業立場與方法，在那兒造成束縛自己及服務對象的問題來源。

先聆聽及了解居民真實的感受及聲音，與機構的想法及期待。需要什麼，都可以再來找。

如果有任何我可以幫忙的地方，盡量讓我知道。（除了目前工作上的時間及距離會是最大的問題。）

最後是弟子與辦事者。唉呀……沒錯！一旦角色不同，必然會出現許多新的問題及困境，衝突也必然而生。也因為如此，我一直用忙碌為藉口，離法鼓山遠遠的。但終究我們得面對這兩個身分的結合。

即使不是在這一世。

而當衝突無法避免之時，正是我們的日子，來體驗我們所認同的佛法——只是說說而已，還是真的可以實現。

在打這段文字時心中無限顫抖。我現在正在經驗身為主管與員工的衝突中，每週五天中有一到兩天，我想要逃離這樣的衝突，回去當一個跟每一個人都可以和平共處的好人。

拉拉雜雜說了一大堆，有時別太把我的話當真（我是認真的），看過就算了！

最後回到憲宇自己的心，它會給你答案的。接受給自己及眾生一個機會很好，或是暫時再給自己一個空間，待因緣更成熟後再來成就，也很好。只要心能安好，每一條都是通往菩提之路。

多話的路人　韶

之四

憲宇菩薩：

每個人都只是「因緣」當中的一小部分，特別是「大眾事」。所以盡心扮演自己眼前能做的事，對己、對眾，都是無上功德。

因此，確切地說，我對要做的「事情」是有些理想，但對「人」的期待已放淡許多。因為倘若有不足的部分，我們再找人補位即可，盡心、放鬆地做，路才走得長遠。

許多不確定的事情，就一起到小林，和他們聊聊、聽他們說說，自然會浮現大概可以做什麼的輪廓。別管佛教徒、別管專業，先當您自己就好，一個真誠的自己就足夠了。

謝謝您一起來摸索、尋找與參與。和小林村民、也和自己。

常法　合十

祝

心安平安　幸福健康

後生可敬

團隊裡的第一個夥伴現身，不是熟識的人，竟是一個網路上的陌生人。

我在批踢踢（PTT）屏東板上讀到一篇對災區觀察的文章，內容觀察細膩、成熟，且沒有批判和激情的眼光。這位作者在文末反省自己：「可是，我有什麼資格說話，事實是，我什麼也沒做。」

我欣賞的，不是她的論述說理，而是從字裡行間透露出的開放、誠懇、節制與自省的態度。我在板上陸續又找了她幾篇發表的文章來讀，竟然發現，她只是一個高三女生！這讓我更加由衷佩服，說真的，我高三的時候還是個每天跟人考試比高下，不知天高地厚的學生呢！

於是我寫信給她，表達敬意與讚歎，也在第一時間就詢問她來小林的可行性。

之後，我們相約在她家附近的一間飲料店碰面。她叫璨瑄，剛考完學測，

璨瑄是團隊裡第一個現身的夥伴。小林的能量慢慢在匯聚，孩子還會遇見誰，需要大眾的願力。

就讀的學校恰好離我家不遠。見面深聊後，才知道，她也是一個從苦難中長大的孩子。這樣奮力求生的孩子，不需要同情，她值得的是尊敬。

結束談話後，我正式邀請她一起上小林了。機緣到此，我知道，她就是那個要跟孩子碰面的人。

對璨瑄的加入，我還有一份私心。那就是——希望為屏東栽培下一個年輕人。回屏東之後，發覺自己那些國小、國中好朋友，幾乎都到北部去發展了。像我這種二十八歲回家鄉的，屈指可數。第一次上甲仙也是，我的出現，讓社區的人「為之驚豔」。不是我長得帥，是因為——在甲仙街上很難看到年輕人了！年輕人有鄉歸不得，這是怎麼回事？不管是什麼因素造成，這已經是整個臺灣偏鄉部落的顯著景況。璨瑄如此年輕，如果可以，我希望能分享一些微薄的經驗給她。另一方面，我也需要藉由她來提醒自己：那份曾經純潔無瑕的義無反顧。

人的緣分很奇妙。這種需要高度默契的工作，我和璨瑄在見過一次面後，就決定邀她結伴成行。

能量慢慢在匯聚了，小林的孩子還會遇見誰，需要大眾的願力。

小林團隊到齊

把小林村的任務答應下來後，我即開始一段四處找人的過程。由於剛從花蓮返回家鄉屏東，認識的人幾乎不在南部。加上自己的龜毛性格，希望能為小林孩子找到「品質最好」的一群青年，這段尋人歷程也因此費了不少工夫。

我相信，以小林村在當時的「知名度」，要透過網路募集人力資源，絕不是件困難的事。然而，我仍未廣發英雄帖，而是擬列了一份名單，一一寫信或當面邀請。

然而，找人卻比想像中地困難，大部分人都猶豫不決。有些即使一開始爽快答應，但回家問過父母之後，就被否決了。我不難理解家長們的心情，那時南部災區的狀況還不穩定，很多路都還沒修好，換作我是父母，必定也有許多擔心。

一次又一次，在來來回回地邀請溝通後，終於，團隊成員一個個現身了。

承寬，是我在前一年的法鼓山大專禪七時認識的好友，那時他正在高醫念醫學系七年級。我擔心他課業繁重，沒想到他很爽快地答應這份任務。

另外在花蓮結識的好朋友家宇，從慈濟大學畢業後到臺南念南藝大音像所，朝紀錄片導演之路前進。由於人也在南部，就扛著攝影機響應。

念臺大時因為去圖資系修了鄭雪玫老師的兒童讀物，認識了鄭老師當時的助理逸婷。她圖資系畢業後卻改念諮商輔導，跟隨梁培勇老師學習遊戲治療。逸婷是高雄人，畢業後返鄉

經過一次又一次地邀請與溝通，小林團隊成員終於到齊成軍了！

高雄。有她的加入，讓我們的陣容堅強不少。

團隊中還有另外一位醫生——士軒。當他還是高中生時，參加了臺大心理系自辦的服務性社團「手足」，因而和冠如結緣。此時的他正在屏東空軍基地服役，得知這項行動後，決定把珍貴的休假都放棄，隨我們上山。

除了這些人以外，另外還有一群屏東教育大學的學生。當時我的工作，在永齡希望小學屏東分校擔任社工督導。這是一個由永齡教育基金會與屏東教育大學合作的弱勢學童教育計畫。因為這個職位的因緣，我認識了一群對弱勢孩子有熱忱，也有教學實務經驗的大學生們。知道這項行動後，陸續呼應的有：旻翰、湘涵、嫵臻、雅珺、怡欣、聿芸等人。旻翰後來又透過網路，找到當時在臺北擔任國小老師的馨儀。這位年輕的老師，利用週末南北往返，她不在我的邀請名單內，卻是最讓人感佩的一位。

難得的是，這些現身的人，除了承寬以外，都非法鼓山體系內青年，也非佛教徒（其中有人還是基督徒）。問他們為什麼會願意來，大多都有相似的答案——因為對小林村受到的苦痛，都曾經動過一念悲憫與願心。

小林團隊聚精會神討論上課內容。

成員之一的湘涵告訴我，家住佳冬塭子村的她，八八水災時也是受災戶。「其實爸媽對我要去小林村無法理解，他們覺得自己家就很需要幫忙了，為什麼要跑去小林？不過後來我自己想，人的需求，是無法量化比較的。物質的東西可以賺回來，但有些東西是消失了就沒辦法再回來的。小林村損失的，應該比我家多太多了。」

順著內心善的意念，跨越宗教藩籬，這些宛若從地底湧出的菩薩們，一一現身到位。雖然背景多元、倉促成軍，但我一點也不擔心。相信那份無染無求的初發心，就是最珍貴的資糧。加油！小林團隊！

什麼也不做

給即將與孩子見面的你：

我是憲宇，很開心你們的現身，願意一起走上小林。在上山前，我寫封信來，想讓各位明白我們準備在小林村做些什麼，也讓大家有一樣的共識。

我們把這個行動，稱作「小林心靈陪伴」。法師給的任務非常簡單，只有五個字——什麼也不做。

是真的，只需要放鬆你自己，去那裡和孩子相遇，這樣就好。把自己帶去那裡，看看有什麼會發生。如果要再更具體說明，大家可以帶著以下這三種心情。

一、平常心

不必預設孩子是「受災的孩子」，而有過度反應。保持平常心，就像你走出門，跟鄰居的小弟弟小妹妹玩，就可以了。放掉預設，不把自己當成「拯救者」。事實上，孩子要靠他們自己的力量站起來，我們是陪伴他站起來的朋友，而不是萬能的神。

二、放鬆心

身心保持放鬆，才能接住孩子各式各樣的狀況。孩子有時候會挑戰你，甚至對你出言不遜。如果他冒犯了你，不妨一笑置之，用幽默的方式化解。

三、尊重心

孩子和當地居民有自己的生活脈絡，在還沒貼近他們的真正需求前，不要貿然下評斷，太快給出建議或幫忙。未充分理解對方需求的幫忙，很有可能變成「幫倒忙」。同樣地，若孩子還沒準備好跟你談他的創傷經驗，也請不要直接觸碰那個傷口。

什麼也不做，這五個字看來平淡無奇，其實隱含了深意。災難發生後，許多救災團隊帶著使命感進入災區，這種人溺己溺的情懷，實是良善人性的一種展現。然而，救災組織帶著資源前來，或多或少也帶著自身的期待和價值判斷。當救災組織的「理念太過崇高」或「使命感太急切」時，則很容易因為文化不同、需求不同，和災區產生拉扯。

什麼也不做，即是提醒大家放掉框架、放掉價值判斷，用一種開放、尊重、甚至欣賞的眼光來接近孩子。希望我們能去看見孩子真正的樣子，而不是我們「想要看到的樣子」。

再次謝謝大家的出現。未來，不知我們會有多長的緣分，可以一起工作、一起成長。只要珍惜每一個相遇的當下，那麼，生命的每一刻都會是精彩而有意思的，一起加油！

憲宇

是運將也是會長

大年初四上甲仙後，這是開工後第一次上來。這段期間，其實對自己能允諾承擔多少，很沒把握。自己的時間幾乎已經滿了，而這又是一個不輕易的任務。或許我想得太複雜，或許是自己太愛惜羽毛。（是愛面子吧？）總之，一大堆問號卡在裡頭。

寫信給好友韶和法師，把困惑老老實實地說了。他們的回信都讓我心安。總之，不要把自己看得太重要，也不要把自己看得不重要。總之，就聽韶說的，把自己「帶」上山，看看有什麼會發生，這樣就好。

車子快到安心站時，一台閃亮亮的計程車停在安心站的正門口。另外有一台吉普車，則是更直接地橫在路上近三分之一處。載我來的燕珠師姊苦笑說：「看這架勢，就知道是會長和會長夫人來了。整個甲仙只有他們可以這樣停車。」

小林國小家長會翁會長，平日以開計程車為業，不時也協助接送義工們上下山。

我跳下車的時候，一個中年男子坐在安心站門前的長板凳上，左腳翹在凳子上，大剌剌地跟坐在他對面的常法「法師」說話。看到我來了，才把左腳放下來，讓我坐在他旁邊的空位上。

坐定後，法師跟我介紹，這人就是小林國小的家長會長喔！他馬上接話：「小林國小不見了之後才上任的會長。」從頭到腳打量了這位會長一下：身材精瘦、穿一件像從路邊攤買來的藍色T恤，下半身著七分牛仔褲，露出結實的小腿。左手腕上刺著一朵鮮豔的玫瑰……。噢！這人真的是家長會長！

下巴快掉下來的我，覺得這人比較像我永齡孩子的家長，去家訪的時候真的很多這種的。不過，接下來的兩小時內，這位「是運將也是會長」的大哥，卻大大使我改觀。

他說話有時認真，但大部分的時候不太正經，常常聽完一大串才知道他又在搞笑了。一會兒說他上高中不久把學校開除的事蹟，下一秒又聊喝茶品茶的學問道理。明明大家都在桌邊坐定位了，該是好好討論以後要幹嘛的時候，他卻好像是來聊天的。奇怪的是，旁邊的人好像也不急。包括愛鄉協會的總幹事、國小的訓導主任等，大家當然還是談災區，但就是用很「閒散的 tempo」在進行。對我這個習慣「進場就要作戰」的人來說，當時真有點如坐針氈。這些人講的笑話真的都很好笑，但是怎麼沒有很結構地集思廣益呢？

閒聊到快中午，我終於忍不住了，問了會長一個問題：「你覺得，這裡的孩子現在最需要什麼？」會長沉吟一會，抬頭看著我說：「說真的，如果你要我講實話的話，我覺得孩子什麼都不需要。」什麼都不需要？我楞住了，這裡是小林耶，會長大人竟然說什麼都不需要？「你仔細觀察小孩喔，其實小孩就是這樣長大。你如果問他：『你覺得你需要什麼？』十個小孩有九個回答不出來。他學習什麼，不是因為他知道『他需要什麼』，所以他才學什麼，他就是這樣自然長大！」「所以，如果你問我這個問題，我回答的是『我』的需要，是大人的期待，也不是他們的需要。」「所以我說，如果你們要來，其實做什麼都好啦！讀書也好、團康也好，沒事做帶他們去村莊裡ㄙㄟㄍㄟ（繞街），他們也很高興啊。」

第一次和運將會長見面，對話過程讓我得到很多省思。

聽完這段話，我在心底對這個會長大人起立敬禮。這麼充滿哲思的話，真的是從這樣一個「臺客會長」口中說出來的嗎？有種錯置混亂的感覺。

這世界，常常因為想像過度而造成災難。父母對子女「想像過度」，所以造成「我為你好，你為什麼不接受？」的親子衝突。在災區，「救援者」也不斷想像「受災者」的需求；一方用力地給，另一方則是受人之恩，有苦難言。

我們每一個人，特別是「在位階權力關係居上位的人」，都需要常常反省這個問題。我們真的看清楚「別人的需求」嗎？還是那是「自己的需求」？有自己的需求，也沒什麼不對，但至少我們要夠誠實：「沒錯！這是我的需求。」雙方再來好好溝通，現在要跟著誰的需求走？哪一個方向才對？

寫這篇文章的時候，也才自覺到，自己之所以會如坐針氈，不也是帶著太多想像和期待來的嗎？我就是那個急著想辦事的人！

如果，一切的發生都是有道理的，我該感謝這位運將會長。他是我在災區遇見的第一個人，而一瞬間就把我給解構了，功力真是深不可測啊！

這裡曾有笛音

在土礫堆裡，我看見它，一支直笛。
想起一個被忘記臉的孩子，曾站在這裡。
站在這裡，吹響了笛。
一曲又一曲，順著山坡溜滑梯。
成調或不成調，隨風山谷裡飛行。
問笛音去哪呢？
塵土煙飛的山河大地，盡皆無語。

二〇〇九年三月三日，我第一次來到小林村被土石掩埋之處。風災後半年，新的柏油路已在崩塌地鋪設開來，路面在陽光下閃著一種孤單的光芒。整條公路杳無人煙，我和法師與師姊在路邊停車，走進碎土泥石四散的小林

災後的大地，柔腸寸斷。

遺址。我們都沒說話，在風中望向遠方，弔念那永埋地底的四百多位菩薩。忽然，一把直笛出現在我眼前，它側躺著，埋在一堆土石與雜物之中。直笛讓我心裡揪了起來，寫下了這首短詩。

燈籠夜行軍

元宵夜晚上六點，漆黑的臺二十一線，遠遠才有一盞路燈，投出黃色的光。幾棟住戶，依序在二二七至二二八Ｋ之間，挨著路零星地站著。

這裡是小林村一至八鄰，居民習慣叫它五里埔。八八水災後，在他們下面九至十八鄰的人，都在土石底下長眠了，只剩下他們。一百一十多戶的人家，還在這塊土地上繼續活著。

今天晚上我們在這裡，在一戶種水蜜桃的農家屋前空地上，教二十多個小朋友做燈籠。很簡單的那種，寶特瓶切開，下面當燈座，上面當提籠。中間用鑽子穿幾個孔，用棉線穿過去固定，再綁到一根在路邊砍的細竹子上。一個燈籠就完成了。

很多爸爸媽媽也來了，他們坐在一旁「逗幫忙」。鑽孔的鑽孔，穿線的穿線，綁竹子的綁竹子，每個人都有事做（其實，困難的都是大人做的啦）。

孩子拿麥克筆，在寶特瓶上塗顏色，畫上他們喜歡的樣子。

燈籠完成，義工菩薩們也在空地上把幾十盞小蠟燭，排成一顆大愛心。我們每個人提著自己的燈籠，坐在愛心的旁邊。黑夜為幕，惡水亙前，在這個傷痛之地，我們緊緊挨著彼此，在鏡頭前笑得很開心，拍下最美的一張照片。

然後，我們提著燈籠進社區，家家戶戶說祝福去！黑暗的夜路上，「小黑」神氣昂昂當隊伍的領頭，喔！他不是誰，是一隻毛色黝黑的狗。後面跟著二十多個蹦蹦跳跳的身影，每個人前面掛著一盞小小的燈籠。幾個媽媽騎著摩托車，慢慢跟在隊伍旁邊，照亮來路，也像守護孩子的天使。我們一家家去，小孩把糖果送給一個獨居的老歐吉桑，說：「祝福您！老爺爺！」用雙手把心燈，送給一個年邁的祖母。還有三個看起來酷酷的，只顧著看電視的國中生姊妹，也被孩子們從椅子上硬挖起來「接旨」。

一個小女孩，看起來只有四、五歲。留著短短的捲髮，穿著一件可愛的裙子。一路上一直跟在我旁邊，興奮地跟我說：「老師，要走很遠嗎？」「老師，我們要走去哪裡？」她的聲音很尖，加上那種雀躍的心情，真是尖上加尖。我甚至懷疑她從沒在這麼晚跟一大群人出來在街上「遊行」過。

是的，我們真的在遊行。這個全世界都遺忘的山中小村裡，整個臺二十一線都是我們的。從村莊頭到村莊尾，我們快樂地向前走。一長串小小的紅燈籠，在這條彎彎起伏的路上，搖啊搖地慢慢走。開心地笑，開心地走，開心地把糖果塞到每一個人的手。

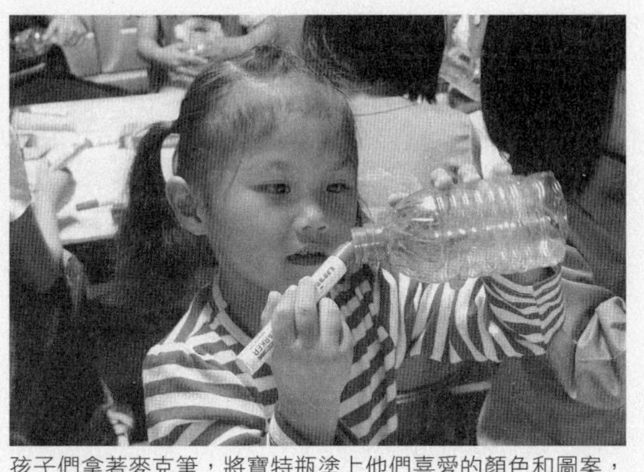

孩子們拿著麥克筆，將寶特瓶塗上他們喜愛的顏色和圖案，做為燈籠主體。

想起一句非洲諺語——It Takes a Whole Village to Raise a Child。過去我很難感受這句話。但今晚我感覺到了，整個小林村的人幾乎都來了（連狗也來）。大家不分彼此同心協力只為幫孩子做幾個——「玩具」。一個穿汗衫的爸爸，拿鐵絲在火上加熱，為的是要在寶特瓶上穿一個好看的孔。一個看來有點害羞的媽媽，用剪刀細

大家提著燈籠走進社區遊街，家家戶戶送祝福去！

心幫孩子的燈籠剪出「裙襬」。不知道為什麼，這個晚上的氣氛如此美好。是災難讓人們更珍惜、更靠近了嗎？我不知道。只是看著孩子開心滿足的臉，就是一種莫大的幸福。

夜深了，孩子一個個被家長領回家。我們也準備下山。望向山谷對岸的黑夜，在心裡我小聲地說：「我來不及看到的小林孩子們，請護佑你們的同學，在以後的路上往前走。像今天晚上一樣，沒有害怕地往前走。」

是誰偷送菜？

今天是第二次上小林，也是第一次「不再一人」上山，璨瑄隨我一道上山來了。我們的目的地是甲仙安心站，那個我們「山上的家」。

車子開到甲仙安心站已是晚上六點半。才走進門，燕珠師姊的聲音就從後面廚房傳過來：「憲宇啊！還有你帶來的那個小妹妹，準備吃飯囉！」胃口頗大的我，早就飢腸轆轆，卸了行李就鑽進廚房。哇！每一道看起來都好好吃喔！番茄炒豆腐、苦瓜封、清炒龍鬚菜……口水都要掉下來啦！在外地生活十年，

燕珠師姊是甲仙安心站的首任站長，那時她早上起來開門，常常門口就掛著一包菜，有些上面還特別註明「供僧」，鄉間人情表露無遺。

大家圍在餐桌旁 邊用餐，一邊聽安心站師姊向人家介紹這些「菜的來歷」，許多蔬菜都是當地居民送來分享的。

早已對外食生厭，我最愛的還是這款正港的媽媽味！

坐下來不久，常法法師也從臺南趕到了。兩路人會合，大家圍在餐桌旁一起用餐。一邊用餐，燕珠師姊一邊向我們介紹這些「菜的來歷」。「這個番茄喔，是那個XX送來的。苦瓜是YY種的。等一下要吃這個玉米喔，玉米是ZZ早上拿來的，說沒有灑農藥的啦！」「這個龍鬚菜，不知道是誰送的啦！早上起來開門就發現掛一包在我門口。」「昨天下午也是喔，門口就莫名其妙出現一包紅豆餅，都不知道是誰拿來的。」

前面這些XX、YY、ZZ啦，還有連XYZ都不是的「偷送菜的人」，都是我所不認識的當地居民。但他們卻如此可愛，把自己擁有的那一份分享給我們，不索求感激回報的，如此單純地分享給我們。「法師，你看還有這一包ㄉㄤˊㄜ（茼蒿），超大包的，不知道要幾天才吃得完。」燕珠師姊還在努力解說，一邊不斷從廚房裡變出新東西來。安心站的廚房彷彿成了一座百寶倉，而每一件東西背後都有著一段故事。

在這裡，我感覺到了「家」，而且是一個「開闊的家」。除了眼前的師姊，我知道還有一群隱身的人，散布在甲仙各村各莊。甲仙安心站，被這樣溫厚的人情簇擁著，而每一個來到這裡的人們，都得到了村民無私的照顧。

燈光下的我們圍坐桌邊，一面閒聊，一面細細慢慢咬下每一口。那不再只是食物的味道，更是一種「不知如何感謝」的幸福滋味。偷送菜的人，謝謝您們！

「小林手之森」遇上小黑攪局

今天我們帶的活動，叫作「小林手之森」。那是昨晚在MSN上，撐著快睡著的大腦和璨瑄討論出來的。

背後的想法，是從上禮拜元宵節提燈籠而來。那天晚上，看到社區孩子去關心自己的社區老人家，孩子開心、老人也開心，真是一幅很美的畫面。想起曾聽一位老師說過：「復原力，不在別處，就在這個需要復原的人的身上。」小林如此危脆，我們很習慣的作法是「挖東牆補西牆」。東牆當然重要！這世界需要每個人都拉彼此一把。但我們需謹記的是——西牆會有它自己的力量。那晚他們彼此互助打氣的畫面，使我有了這樣的想法：「活動設計的最後指向，都要讓他們能自己站起來。」也於是，有了「小林手之森」的構想。

小林手之森，是一幅共同創作的畫。我們希望孩子拿著紙和筆，在家長的帶領下，到社區裡去拜訪村民們。然後邀請村民把手放在紙上，孩子用蠟筆

四、五個孩子一組，用筆描下自己的手掌，並在其中寫下對小林村的祝福。

把他的手掌輪廓描在紙上。畫完之後，請村民在紙上簽名，並寫下對小林村的願望。

孩子是最單純潔淨的天使，他們沒有心計、沒有分別，能讓大人們卸下心防。孩子挨著大人畫手，也是在幫助大人放鬆身體之牆、撫平傷痛。這是我們期待在創作過程中發生的「自癒力」。

創作後期，一張張的「手」會匯集起來，貼在一張大海報上。每個村民的手，變成一片片的葉子，圍繞出一座茂盛的森林。「手之森」象徵了每個村民手牽手，一起為小林村的未來發願、守護、努力。我們預計這張大畫，完成後可以貼在村裡某個公共場合的牆上，讓大家都能一直看見，彼此的心力是緊緊靠在一起的。

很美的構想，對吧？沒想到當晚執行時，發生了意想不到的混亂……。

活動開始，我們請孩子圍成一圈坐在地上。準備把上禮拜未完成的「自我介紹」完成。上禮拜，孩子在紙上畫了一隻「跟自己最像」的動物，但來不及一一發表。我打算以帶團體的方式，先讓孩子完成這件事。我抽出一張畫，請全部的孩子猜猜看這是誰畫的？為什麼你覺得是他？最後再請原作者出來公布答案。

一開始，孩子都還能乖乖地坐在地上。但沒過幾分鐘，各種脫序演出就上場了：爭相發言（但爭相發言的永遠是那幾個。）、原作者不肯承認這是他的畫作（但上面的簽名真的是他啊！）、幾個小男生在一個角落打了起來（一年級也能這麼皮？）、同學明明猜對了，原作者故意說他猜錯（這又是什麼道理？）。孩子丟過來的球，漫天飛舞，我在其中應接不暇、狼狽不堪。真恨不得自己可以搖身一變千手千眼觀世音菩薩，可以一一把這些球接住。而這一切的一切，在「小黑」出現後，更是宣告「大勢已去」。

小黑？他是誰？能有這般深不可測的功力？還記得〈燈籠夜行軍〉裡面那隻領頭的大黑狗嗎？對啦，就是牠——小黑是也！小黑的主人騎著摩托車姍姍來遲。牠一到，立刻從機車前座跳下來，說「他」也要參加團體啦！然後從容且雀躍地，鑽進我們圍起來的圈圈裡。這下不得了，小黑既出，誰與爭鋒。孩子們的小手全部伸了出來，在牠身上摸啊摸的。「小黑乖！」「小黑，來這裡！」「小黑不要舔我啦！」……。看著 superstar 現身，受到粉絲的熱情夾道歡迎，我忽然覺得當狗比當人好多了。

這下可好，我跟璨瑄面面相覷，交換了一下眼色。「場面失控了耶！」「要繼續嗎？」「嗯，這個先暫停好了。直接進到手之森，看會不會好一點。」第一回合已經戰敗的我，把第二回合的場子交給璨瑄主持。頭腦一片混亂，想從現場先抽離出來，看看到底發生了什麼事。

璨瑄也不愧是個志工經驗豐富的人，馬上接手帶領「小林手之森」。我則在旁邊觀察，思考下一步該怎麼走。本來希望孩子能到社區裡去和村民共同完成，但以今晚的態勢，看來不太可能進展到那一部分。於是我們決定——今天先讓孩子完成自己的部分就好。

四、五個孩子一組，用畫筆開始畫下自己的手掌。每個人都有事情做之後，場面果然好多了。幾個孩子有聽懂「小林手之森」的象徵意義，非常認真地作畫。畫完後還在海報上寫下：「小林加油！加油！」「小林 I Love You」「小林甘巴茶！」而這些隻字片語，也讓今天「有些挫敗」的自己好過一些。

下山之後，我回想這一切，開放的空間、混雜的年紀、好動的孩子，這都是我們必須面對的挑戰。過去的經驗此時可能都不再適用，我們必須尋找新的出路。然而，最重要的是，我發現自己必須「更放下」——放下對自己、對孩子不切實際的期待。我意識到，當發現團體不受控制，而自己說話沒人理的時候，我是如此感到挫敗而困窘！

「孩子不理你，又怎麼樣呢？」「如果機緣成熟，他會自己來到你面

「手之森」象徵每位村民手牽手守護家園，一起為小林村的未來發願。

前。」「不要把自己看得太重要。更何況，這是一場生命的相遇，相遇是有成敗的嗎？」

是的，就是這樣，我還要「更努力」讓自己學會——在混亂中隨順。

深夜一通來電

凌晨一點半，忽然有簡訊傳來。是湘涵，幾個小時前一起上小林的夥伴，問我：「督導你睡了沒啊？有事想跟你說耶！」

做助人工作的最怕半夜接到電話，哪敢怠慢，趕緊打了回去。

電話那邊卻傳來「兩個人」的聲音，除了湘涵，還多了一個聿芸，也是小林的夥伴，她們是教育系的同系麻吉，宿舍睡隔壁寢。

兩個人用免持聽筒一起對著話筒咯咯笑得很開心。當下有被耍的感覺。這兩個調皮蛋，從小林辦完活動已經累得半死，現在還打電話來煩老人家。可惡啊！

一堆垃圾話之後，終於引入正題。原來，她們是來提醒我的。她們覺得，這個帶頭說要放鬆的人，看起來卻比她們還緊張。

她們說，每次她們都可以很放心地跟孩子玩。可是覺得我在小林，常常表情凝重地到處看來看去，一下注意這，一下注意那，很像沒享受其中。

兩個人貼心地提醒我：「督導，上山就請您忘記自己是督導吧！是你說，就當作走出門跟隔壁孩子在一起玩，怎麼你這麼緊張呢？」

不愧是優秀又善體人意的課輔老師，不只關心孩子，也關心到她們家督導了。是的，我是一個責任感很重的人。（這樣說好像在自誇？）

在東華大學工作時的老闆顧瑜君老師曾說：「當志工的人，不要以為自己有多了不起。很多人去當志工，反而要人家照顧他，變成要大家來滿足自己『當志工』的需要。這種人去了現場不但沒幫上忙，還是一場災難。」

因為顧老師的這段話，還有一些個性或經驗使然，我無法接受自己造成別人的負擔。

所以一上山，就忙東忙西，看看哪裡還需要幫忙、哪裡又要補位。對我來說，不顧大局跑下去玩這件事，是會有罪惡感的。也難怪囉，湘涵說她每次去小林回來，都是超開心超放鬆，是孩子照顧了她。我每次下來，是圓滿一件事的感覺，這其中有滿足，但也有疲累。可能真的把自己繃太緊囉！

湘涵還說了另外一件讓我意想不到的事。

上學期我從東華大學轉到屏東教育大學擔任督導，期初培訓時，我第一次對課輔老師說話。我說了自己跑去東海岸騎腳踏車的故事，也說了我在大港口部落，在原住民朋友身上的學習與感動。

湘涵說，聽到我說那一段的時候，她一邊聽一邊開心地笑，覺得這個督導實在太特別、太可愛了！

又說，以前課輔老師們，對永齡的認同度沒有很高，只是當一份工作而已。但現在，就她們所知，很多課輔老師都滿喜歡我這個「看起來很凶」的新督導。

不是因為我厲害，而是她們看到一個「天真單純的男孩」，談到孩子的某些時刻，眼睛就會亮起來的一個男孩。只是這個人有時候也會嚴肅起來，又變回督導的樣子。

她們是要提醒我，不要忘記自己體內的小男孩！是這個男孩的我，觸動大家願意投入永齡，然後一起到小林去。

掛上電話，已經兩點半了（還好是深夜減價時段）。這通深夜來電雖然讓人身體疲累，卻有很多感謝和溫暖。謝謝湘涵和聿芸，她們不只照顧了孩子，也照顧了我。

喜歡和年輕人在一起。她們單純，有理想，而且有出乎意料的體貼。這個社會大多數的職場文化，都是相敬如賓，甚至彼此猜疑對立。何其有幸，我的夥伴都能以善意互待，充滿正面能量。

該感謝誰呢？謝天太老套了，就謝謝我心裡那位小男孩吧！

每一次，都是最後一次

夥伴們：

梅雨季節來了，我們上不了五里埔，一行人窩在屏東市一間小餐館裡，幫旻翰慶生。晚上很盡興，跟你們在一起總是可以讓我卸下督導的盔甲，享受和你們在一起的感覺。

離開餐廳時，我們和燕珠師姊通電話，才知道，通往甲仙的便橋封橋了。大水漫過橋面，甲仙和小林又成了孤島。燕珠師姊人在安心站，也下不了山，掛上電話前，我請她多多保重，小心安全。

還記得上週山海營，天氣還是大好。在曾先生家前廣場活動到一半時，我還抽空去和翁會長聊了聊。他告訴我，氣象預報說，鋒面就是這兩天要來了。總讓人覺得「什麼大風大浪沒見過」的翁會長，我卻從他的神情中，讀到一絲絲的烏雲，就像將席捲而來的鋒面雲霧。

隔天清晨六點，我在睡夢中被滂沱大雨驚醒。腦海裡空空的，第一個念頭是：「雨來了。小林一切好嗎？」

小林的孩子，好嗎？

那天中午，我跟璨瑄在屏東一起吃中餐，大雨仍然一直下。我告訴璨瑄：早上我醒來，看到雨，想到山上的孩子。璨瑄回我一個凝重的神情，說：「我也是。」

雨，對我們來說不再只是一場雨，而是攸關一群我所關心的人，他們的生命、他們的安全。

在禪修中，我們對「走路」這件事，有一句心法，是這樣說的：「把每一步，都當作是第一步。」舉跨出去的每一個腳步，都當作是觸碰大地的第一個腳步。專注地體驗它，感受它。

今年（二〇一〇）一月，我曾到苗栗三義法鼓山一個心靈環保教育中心打禪七，我和承寬就是在那裡相遇的。其中幾天，我們去後山練習走路禪。

當時承寬剛好走在我前面的前面，所以我總是很能觀察他。很多人出了禪堂，上了山，就東張西望起來（當然也包括我）。可是承寬一直都很專心地在走路。他走得很慢，使得他跟前面的人之間，空出很大段的距離。而我們這些在他後面的，也就必須跟著他的慢，享受塞車的感覺。

那時我一方面覺得，這人真是後知後覺，不知道後面塞了一大串人嗎？另一方面也暗自佩服，這人真正用上走路禪的方法，不管別人，慢慢走自己的「第一步」。

走路禪，是把每一步當作第一步。

而從那天的大雨過後，我腦海裡忽然冒出一個念頭：每一次去小林，會不會就是我們的最後一次？

別說不可能。下個禮拜可能上山嗎？下下禮拜可能上山嗎？計畫中以山海營做為這學期的 happy ending，能如期舉辦嗎？

我不是老天爺，我們真的都不知道，是不是還能有下一次。豈止小林，我們其實都不曉得，明天的我們是否還能安然健好。

各位夥伴，我實在不該烏鴉嘴，在這裡說些不吉利的話。況且，今天實在是一個美好的夜晚，說這個，多煞風景啊！但我仍希望藉著這場雨，提醒大家：

請記得，緣分聚散是無常的。

把每一次去小林，當作第一次，也當作是最後一次。

讓我們心無旁騖，無有憾恨，去善待這些孩子。

我沒有希望你們變得濫情。同情心氾濫起來，而又把自己的界線完全撤守。所謂的善待，不是討好。而是孩子能因為跟你在一起，發現自己是被看見的，是值得的。

很久沒寫信給你們了，在這個本來應該在小林村的夜晚，我寫下這封給你們的信。

願各自珍重。

憲宇

二、山裡的孩子

陽光流過葉片，
綠色風兒陣陣徐徐，
森林屋頂上，
大冠鷲振翅高鳴。
如果是什麼讓孩子溫柔了起來，
請讓我知道，
那是我們等待多年的祕密。

夢裡的雷#$@&電腿

時序進入九月，炙熱的陽光稍歇，夏天總算是過去了。三個月前，六月十九日的晚上，我們在歌聲中斬時告別五里埔的孩子。原因無他，大地的傷痕尚未完全康復，馬上就要進入夏颱季節。五里埔的村民體恤我們青年義工的安全，主動請我們暫停夏天的行程。

記得翁會長有次用計程車載瓅瑄下山，這樣告訴她：「八八那個雨，真的太誇張啦！你說山的土怎麼能承受這麼多水？不過說真的啦！真的要下，我是希望就下在我們這邊就好啦，雖然我們村莊裡這樣，但是總比發生在臺北好啊！有人跟我說過臺北土很軟啊，以前又是湖，要是雨都下在臺北，淹水又出不去就糟糕啦！」聖嚴法師曾說：「受苦受難的是大菩薩。」如果真有共業，小林村的村民，確實用生命幫我們承擔了起來。那麼，每週進出小林的舟車勞頓，只不過是所能報的一點點恩能了。

三個月不見，孩子好嗎？山上的大人好嗎？早在暑假忙著工作時，就陸續從燕珠師姊或夥伴口中，聽到山上的人們又有了一些變化。有好的，也有讓人不知如何以對的。讓人最驚訝的，是某個孩子的爸媽在暑假的時候離婚了。他們兩姊妹一直是我們認為五里埔中最幸福的小孩。每次活動看到他們爸媽都來參與，感覺相對其他孩子，他們擁有更多父母的關愛。為什麼會這樣？心裡有太多太多的問號。

帶著這樣複雜的心情，我們上山了。在九月的第二個週六。經過一個暑假，團隊成員也有了些變化。旻翰畢業準備入伍、璨瑄去當大一新鮮人。這兩位大將以後能現身的機會就大大減少了。本來以為第一週會冷冷清清，沒想到竟然還是有五人結伴成行！湘涵、承寬、士軒在第一時間響應。本來去徒步走海岸的家宇，被颱風打亂行程，也趕在上山前一天說她要一起去小林！這些年輕人啊！他們的願力和行動力讓我欽佩又感動。我真感謝他們，把五里埔的孩子如此珍重地放在心上。

既然年輕人都這麼拚，我也不能服老啊！所以決定——這次，我來開車！

過去上山，都是倚賴法鼓山的師兄師姊接力把我們運來運去。燕珠師姊、嘉宸師兄、欣哲師兄、水龍師兄、「合氣道」師兄等等，有時候司機還兼「東道主」，招待我們吃美濃粄條、芋粿芋冰，實在是人好到一個極致了！為了不讓師兄師姊們這麼辛苦，就我來開車吧！

從高雄市到五里埔，必須先上國道十號進旗山，然後從穿過美濃的月光山隧道往杉林鄉，進入甲仙，最後沿著臺二十一線抵達五里埔。這一條路半年來我們走過N次，照理說應該早就摸透透了。但司機和乘客還是不同的，這次開車，才真正努力辨識路標路線。而我也很久沒開車了，想到要負擔整車的安全，整條路上都保持了高度緊繃（雖然在心裡一直提醒自己要放鬆）。這也再次感覺師兄姊之前的辛勞，除了體力消耗之外，其實還有沉重的心理壓力呀！

在甲仙到五里埔的這段路，我們搖下車窗，享受天然的微風。午後山裡的陽光溫度恰恰好，給人很舒適的感覺。但前進不久，我們就必須切到河床邊的小路。平坦的柏油路變成泥巴路，路邊有很多山坡還處在土石裸露的狀態，沒有任何植被覆蓋。行到一處，前面有一挖土機正在清理落石，彎著挖臂在地面來回刮掃。我們在路邊等了一會，才通過這一處坍崩地。山上的地質狀況仍未完全修復，大雨後小林村仍非常可能成為孤島。慶幸的是這個暑假竟然沒有颱風來襲，真該感謝上天幫忙！

上到五里埔，是下午三點。這學期我們將活動時間改到下午，跳下車，孩子們已經到了。有些人圍了上來，開始一個個溫習我們的名字，「阿湘！」「阿寬！」「蝸牛？」「他不是蝸牛啦，他是噶枝毛！」（我的阿美族名「噶柱」在這裡又再度被改造變成「嘎枝毛」，他們取綽號的功力，跟原住民孩子不相上下。）但也有孩子躲在遠遠的地方，有點怕生地看著我們。

一個暑假不見，今天的任務是把和孩子的關係再牽起來。我往前走準備架設器材，順便一一喊了那幾個害羞孩子的名字，並給了一個微笑。那是在告訴他們：「我記得你們喔！」

器材就定位，我們決定先來一個破冰遊戲，讓全部的志工和孩子重新記起彼此的名字。圍圈坐下來，阿寬帶了「是誰偷了餅乾」活動。大部分孩子一開始都有些生澀，節拍也跟不上來。但所有的夥伴們都很有默契，自動幫孩子完

夥伴們架起了投影機，播放上學期回顧影片給孩子看，孩子們各個都聚精會神。

成任務。有一個孩子在遊戲中依然耍脾氣，停下來雙手環胸說她不想玩了，遊戲也因為她而中止，這個舉動也使她被其他孩子報以噓聲。還好燕珠師姊適時介入，坐在她身後帶著她一起完成。

遊戲中我們觀察到有兩類人最容易被點名，一種是人緣最好的人，另一種則反之，是人緣最不好的人。玩過幾輪之後，可以明顯看出「誰跟誰是一國的」；而也有少數幾個孩子是玩過幾輪之後，卻一直沒有人叫他，這些孩子也是我們「最不容易記得」的孩子。這個遊戲在一般團康中，本來的作用是促發新成員認識彼此。但對於一個已經熟識的團體來說，這個遊戲發揮了社會計量法（sociometry，一種常用來評量團體中人際關係的方法）的功能。過去半年我們對「誰跟誰是一國」其實心裡也有底，但這個遊戲更顯著地提供出訊息。

餅乾盒遊戲結束後，我們播放上學期活動和暑假兒童營的影片給孩子看。孩子對這個部分很有反應。「亮亮好厲害！」「哇哈哈哈，陳品華你在幹麻？」跟著影片中過去的自己唱一樣的歌：「你是好人，也是個壞人……。」看到這些影像紀錄，好像把過去那些美好的記憶都找回來了。觀賞影片時，也發現小個頭的小傑不知什麼時候已經窩到士軒的懷裡，真是一幅溫馨的畫面！（很像父子！）

影片有一段出現了那位孩子的媽媽。我偷偷觀察她的反應，發現她的臉上沒有悲傷，但目不轉睛地盯著螢幕看。事後燕珠師姊告訴我們，影片結束後，她有問孩子：「有沒有很想媽媽？」孩子點點頭。燕珠師姊又說：「剛剛在影片中有看到媽媽喔？」孩子對她眨眼睛，又點點頭，看起來非常開心的樣子。一支短片，意外讓孩子兩個多月來的思念有了寄託，這是播放影片前始料未及的。都要感謝家宇的攝影和剪接，讓孩子在措手不及的離別中，抓回了一點點。

影片結束，我們帶孩子玩「身體密碼」遊戲。遊戲的前置很簡單，在地上一個三乘三的方格中畫下數字，就可以開始玩了。一開始我們發現沒有可以在地板上畫數字的顏料，活動稍微耽擱了一下。後來跟鄰家借了一盒水彩出來，承寬、家宇、士軒拿到手立刻彎下身去開始畫數字。水彩筆只有一枝，速度稍微慢了些。士軒索性以手為筆，把顏料塗在手上就開始畫。

我為這一幕而感動，這些年輕人為了孩子可以盡快開始遊戲，已經能急中生智，隨時應變。他們不在乎自己身體是否弄髒，只想著要給孩子一個快樂的午後時光。這種願力使他們的身體被整理得很單純，可以無計較無分別的，直接去做該做的事。這小小動作，就是菩薩行的展現啊！

數字矩陣完成後，孩子就開始挑戰了！這個遊戲上個學期曾玩過，孩子對這種可以挑戰身體極限的遊戲都樂此不疲。對我們這種老骨頭來說很容易閃到腰的動作，他們竟然還能用極誇張的身體扭曲達到任務。不管個頭高個頭矮、男生女生、腿長腿短，今天沒有任何一組挑戰失敗的喔！

在「身體密碼」遊戲之外，旁邊也開始一些另外的遊戲。男孩子蹲在桌上，打起戰鬥陀螺，也有人在外頭的廣場上騎腳踏車。孩子各自成群，倒也各得其所。這種閒散的活動方式，在外人眼裡或許不倫不類，但歷經半年磨合，我們發現「遊戲本來就存在孩子之間」，讓孩子自由參與，一些可能性也能因此開放出來。

我就來說說這次發生在我跟阿銓之間的事吧！阿銓剛升二年級，在孩子裡算年紀小的，挺著

一個九宮格、九個數字，簡單的「身體密碼」活動，卻能讓孩子擁有大大的快樂。

一個圓滾滾的頭和肚子，說話都還說不清楚。當他用一種很認真的表情跟你「闡述」他的意見時，兩顆眼珠子跟著他的圓肚子一起晃動，古錐極了。他今天看到我，拉我到旁邊，開始很有趣的一段對話：

阿銓：「噶柱，你陪我踢瓶子？」

我：「踢瓶子？什麼瓶子？」

阿銓：「就是上次那個啊，你那招很厲害的雷 #$@& 電腿！」

（因為根本不知道他在講什麼，所以消音。）

（噢！那是上學期有一次我陪他玩的遊戲，沒想到他還記得！）

我：「噢！我想起來了，好啊我陪你玩，但在這之前我們必須找到一個好瓶子。」

阿銓：「我知道哪裡有！隔壁檳榔攤那裡有很多瓶子！」

我：「好，那阿銓你可以自己去撿一個來嗎？」

（我希望訓練孩子為自己的遊戲道具負責。）

阿銓：「好啊，我去。不過你要跟我來，因為那裡有很多大螞蟻，我會怕。」

（大螞蟻？我半信半疑跟著他走過去，他在我前面蹦蹦跳跳地引路。）

阿銓：「就是那裡，很多瓶子。」

（我一看，哇，真的！瓶瓶罐罐上面爬了很多約一公分長的大螞蟻。）

我：「噢，這裡真的有大螞蟻，那我們選一個你喜歡的吧！」

阿銓：「那我要選奶茶的，上次我們也是用奶茶。」

（天啊，這小孩怎麼把細節記得這麼清楚？）

阿銓：「那我們去對面玩，上次那個地方。」

（他連在哪裡玩過這遊戲，也記得分毫不差。）

阿銓：「噶柱，那我們一起衝過去，要火力全衝！」

（我差點笑出來，火力全衝!?這真是個很好的新詞。）

我：「好，火力全衝，一二三，衝！」

衝到對面後，我就跟他繼續玩上次的遊戲。基本上就是兩個人用腳把瓶子踢來踢去，然後在踢之前，要為自己準備出擊的這一招，取個「雷霆萬鈞」

的名字，再加上若干煞有其事的起手式，讓這個踢瓶子遊戲看起來像是格鬥天王這樣。

阿銓在這個遊戲中展現出非常多非常多的創意，上一次還演出「燃料用竭，必須開啟能源補充機制，作勢拿起油槍往自己身上加油」，真是笑死我也！但我想談的是——他為什麼能記得這麼清楚？幾個月前我就陪他玩過這麼一次，可是他卻能一直記得這個遊戲，而且把地點、道具、甚至我用過的招式都記得。他今天說的那句：「好啊，我去。不過你要跟我來，因為那裡有很多大螞蟻，我會怕。」是那麼坦然而有力量。他說明了願意自己找道具的責任，但也同時清楚袒露了他的害怕。某個程度我感覺到，因為那一場遊戲，阿銓已經願意把他的世界讓我知道。

這是怎麼發生的？其實我什麼也沒做，只是陪著他玩而已。又或許呢，對五里埔這些孩子來說，有一個大人願意心無旁騖地陪他玩，就是一件奢侈的事。

我不清楚答案，只覺得是阿銓給我一個「可以回到孩子」的機會，鬆動了

只要珍惜每一個相遇的當下，生命每一刻都是精彩而有意義的！

早已僵化的身體和腦袋。謝謝他！

活動結束是五點半，孩子問我們：「啊！怎麼這麼早就要下山了？」唉，陪伴的時間永遠是不夠用的。只能在一邊下山的路上，繼續幫孩子許願，願他們的夢中有媽媽，有身體密碼，還有那個雷 #$@& 電腿！

小禎的卡片

在孩子裡，他是年紀最小的。比阿銓還小，今年剛上一年級，他是小禎。

阿湘姊姊今天帶大家做萬花筒和剪紙，都是要親自動手的活動，順便也教孩子鏡子的反射和「線對稱」的原理。小禎今天不知道為什麼，全程都黏在我身邊，倒是之前最黏我的阿銓，被戰鬥陀螺徵召去了，完全地移情別戀。

我們摺紙、黏雙面膠、固定壓緊，又挑選自己喜歡的亮片，剪成一半和別人交換。小禎從頭到尾都非常投入而專注，一邊做一邊說些孩子的話：「啊！這是雙面膠嘛！我幼稚園的時候有用過。」「喔！這是……南瓜……南瓜！」

小小年紀的他，不知為什麼已經戴了一副眼鏡。他的手眼協調還不是非常好，在黏貼對齊這種需要精細的小動作上，還不是非常俐落。比較大的孩子花一會兒時間就完成的動作，他就要定著眼睛看準，伸出顫巍巍的手，慢慢把東西放在對的位置上。速度雖慢，但他不氣餒，非常自得其樂地做著自己的卡片。這個孩子有一種不與人爭的恬靜感，像隱居山中的小書生。

我們一起剪出一棵聖誕樹、一顆愛心，還有一個平安鐘，做出一張可愛的卡片。我告訴他：「你可以把這張卡片，送給你最想祝福的人喔！爸爸、媽媽或是好朋友都可以。」他沒有回應，自顧自繼續用黑色色紙剪出一排房屋的剪影，襯在大愛心下面。完成之後，他問我：「噶柱，你的名字怎麼寫啊？」不知道他想做什麼，我說：「很難寫喔！筆畫很多。」然後一邊在一張廢紙上寫出「噶柱」兩個字。

他推了推眼鏡仔細看了看：「……筆畫好多喔！那……法鼓山怎麼寫？」「法鼓山！噢！車子上就有，我們去那

小禎剪出一棵聖誕樹、一顆愛心，還有一個平安鐘，最後做出一張可愛的卡片。

裡看著寫。」載我們上山的七人座廂型車，車身上寫著「法鼓山慈善基金會」八個字。我帶著他，蹲在車子旁邊，指著前面三個字：「這三個字，就是：法——鼓——山。」

接下來二十分鐘，我們一起蹲在車子旁邊寫字。他手拿黑色奇異筆，抬頭看一下，然後再一筆一畫慢慢把這三個字寫好。

「這是『土』嘛？土我們教過了！」（他是指「法」字的右上角）「這下面就是ㄙ啊！」「一個十字，下面一個ㄡ。」他一邊臨摹，一邊創造屬於自己的領悟。

小禎的卡片，寫著對法鼓山的感謝與祝福。

法鼓山寫好，我們又一起把「新年快樂」和他自己的簽名寫完。還沒有字型部件概念的他，這些「字」其實都是一個個的「圖案」。用一橫一豎一勾一撇，畫出來的圖案。

我請他把卡片送給燕珠師姊，教他親自跟師姊說：「謝謝，新年快樂！」師姊笑得很開心，問小禎：「我可以抱抱你嗎？」小禎大方地跟師姊擁抱，笑得開心又有點不好意思。我的眼睛裡，又多了一張永遠的畫面。

回程，我開車，燕珠師姊坐在副駕駛座。夜晚的高速公路，車子一輛又一輛疾駛而去，車燈川流不息，不知道要開往哪裡。後面的夥伴們都累了，沉沉睡去。只剩我和師姊醒著。

「小禎真是善良的孩子。」忽然，我有感而發。

「對啊！」師姊輕聲說。

恢復靜默。在心裡，我們又溫習了一次小禎的樣子，還有卡片上那幾個歪歪扭扭的字。

小夏

第一次在她家前面的廣場相遇的時候，我問她叫什麼名字。

「小夏！」她說，給我一個羞赧的笑容。

「這是你的綽號？」

「對啊！」

她害羞地點點頭，然後就跑開了。

她很喜歡這個名字，小夏，連她媽媽也會這樣叫她。在小林的孩子裡，小夏和別人很不一樣。六年級的她，留著長髮，白白淨淨的，有著出眾的氣質。她是小林孩子中公認的美女，不管男生女生都服氣的那種公認。

小林的孩子大多帶有山林的氣息，活潑好動。相較他們，小夏卻不毛躁，帶著恰當的拘謹，在動的時候動，在靜的時候出奇沉著。

這個學期第一次上山，我們要放上學期的回顧影片給孩子看。因為要席地而坐，我徵求孩子幫忙掃地。其他孩子顧著奔玩，只有小夏一個人走過來回應了我：「我來掃。」然後就接過掃把，靜靜地掃起地來。

架設好投影機，我們準備開始播放影片。幾個女生忽然鬧起脾氣，坐在遠遠的小發財車上，不靠過來，一副要看不看的樣子。小夏走到那群女孩前面，低聲吼了一句：「全部下來！」那排孩子彷彿被電到，瞬間全部一起跳下車，動作整齊劃一，簡直就像新兵遇到連長。那時候我才看出，安安靜靜的小夏，不只是公認的美女而已。她不是花瓶，她是內斂沉穩的王。

暑假時，小夏一個重要親人離開了她，超齡的成熟更超齡，臉上的笑容愈來愈少。我們都知道，但沒人知道該怎麼給她力量。她一直都把自己收藏得很好，不用別人擔心的那種好。

這學期的活動改到下午進行，她出現的次數愈來愈少。聽說有時候去補習了，有時候就待在家裡不來了。有個孩子說，小夏有點變，脾氣變得有點奇怪。聽到這些訊息，我們只能有一搭沒一搭窮擔心。她不出現，我們連使力點都沒有。

過完新年後的第一次活動，阿湘姊姊帶大家做萬花筒和剪紙，小夏終於出現了。那天我忙著陪小禎，她就自己一個人做，比較常待在阿寬哥哥身邊。在陪小禎時，我偶爾聽聽她和阿寬哥哥的對話，偶爾也加入，說一些沒啥重大意義的話。時機未到，幾乎一個學期不見，我們需要熟悉彼此。

這次上山，我準備了兩本書要送給小夏。是辛西亞．佛特（Cynthia Voigt）的少年小說《回家》，分上、下兩集。這本書描述一個十三歲的女孩荻西，要帶領弟妹徒步走過一段漫長的路，抵達姨婆家。在回家的路途中，荻西也不斷看清大人的世界並尋找自己與家的關係。

這本獲得二〇〇四年《中國時報》年度最佳青少年書獎的書，我在秀林國中服務時就買下來，借給一個個國中女孩們閱讀。最後一個讀她的人，是我永齡的孩子小黑。它幾乎成為我給女孩們必讀的經典之作。從架上取下這本書時，它的封皮因為已經被太多人借閱而凹凸不平，當禮物真不體面。但我仍然相信這本書是有力量的，主人翁面對的處境和課題，就是小夏現在所遭遇的。

這次是這學期最後一次活動，由山海營的夥伴們帶領。活動開始時，我

小林的孩子，就像所有其他的孩子一樣，會哭會笑，需要愛，也需要尊嚴。

就一直等待合適的時機，把書交給她。（因為只送給她，怕其他孩子吃醋。）太陽下山後，所有孩子進到倉庫裡活動，我看到小夏一個人坐在廣場旁，一直沒進到團體裡。時機到了，我把書揣在懷裡，走到她旁邊坐下。

我：「小夏，我有兩本書想送給你。」

小夏：「哇，謝謝！是什麼書？」

我：「這本《回家》，有上、下兩集，是我很喜歡的一本書，但是字很多喔！」

小夏：「沒關係，我很喜歡看書。」

我：「真的嗎？」（大多山上的孩子對書不怎麼感興趣的。）

小夏：「對啊，我很常去學校的圖書館借書。噶柱你不用送我，下禮拜我應該就可以看完還你了。」

她還是這麼一個懂得禮貌的孩子。

我：「沒關係，你收著。為什麼我想送這本書給你呢。這是一個十三歲，跟你差不多大女生的冒險故事……。」

我開始為她做導讀，非常簡單的導讀，小夏耐心地聽著，之後慎重地收下書。

我：「你快畢業了吼？」

小夏：「對啊！還剩一學期。」

我：「之後你會念甲仙國中嗎？」

小夏：「不會耶！」

我：「蛤？那你要去念哪裡？」

小夏：「要去高雄市吧，好像會去高雄念一間私立國中，名字叫道什麼的。」

我：「道明？」

小夏：「對對！」

我：「這是你自己的決定嗎？還是爸爸？」

小夏：「我自己想去的。」

她的表情很篤定，不像說謊，我笑了。（因為這種案例，大多是父母的期待，而非孩子本身的決定。）

我：「為什麼想去這麼遠的地方念書？」

小夏：「就……感覺去山下念，比較有競爭力吧？」

競爭力！這是一個六年級的女孩會觸碰到的概念嗎？我很吃驚。

我：「是喔，這樣你就會跟家人和這些朋友分開了耶！你不會怕喔？」

小夏：「沒關係，我們家現在只有三個人，少我一個也沒少很多。」

我停下來，在黑夜裡看進她的眼睛。開玩笑的語氣，有一閃而去的落寞。

我：「你知道阿湘姊姊以前就是道明畢業的嗎？」

小夏：「真的嗎？」她的眼睛亮起來了。

我：「對啊！以後你可以問問阿湘姊姊，她應該可以給你很多建議喔！」

小夏：「嗯！聽說那個學校很嚴格。」

我：「對啊！他們逼得很緊，你要有心理準備喔！」

小夏：「沒關係，以後想考到好一點的高中。」

我：「你的目標是哪裡？」

小夏：「公立高中吧！」

我：「小夏，你應該很會念書喔？」她笑笑不說話。

我：「小林這裡有人考上過雄女嗎？」

小夏：「聽說很早很早曾經有一個人考上過。」

我：「好，你可以許個願，當考上雄女的第一個人。加油，我們會幫你的，我以前是雄中的捏！」

小夏：「這麼厲害！」

我：「沒有啦，哈哈哈哈！」

聊到此，倉庫裡正在帶活動的大哥，喊我們回去幫小嘉唱歌慶生，我和小夏的談話也在這裡告一段落。

這是第一次和小夏深聊，在孩子群裡，她超齡的心智使她很難融入我們設計的活動。（因為必須符合大部分孩子的需求。）也難怪她會漸漸不來，因為她已經有別的發展任務了。今天之後，我們和小夏拉起了一條線，希望在她畢業前的這半年，我們可以是她傾訴煩惱的朋友。

我並非升學主義者，一個孩子若下定決心念書、或當個農夫、或成為田徑選手，都會得到我們完全的祝福。不管是念書的孩子、種田的孩子、跑步的孩子，我們都是人，需要愛與尊嚴、會快樂和悲傷，都在不斷地相聚離別中慢慢長大。

在小夏那個堅強善體的身影背後，邀請讀到這篇日記的您與我一起合掌禱告。

為小夏和她的家人祝福。

為小林村的孩子（不管是地上或天上的天使）祝福。

為這個世界所有需要愛與尊嚴、會哭會笑的孩子祝福。

交換日記

敏麗老師告訴我們：「阿一其實是最好處理的，小夏才是最需要關注的。這種孩子過度壓抑，太早知道要去承擔，知道不要讓人擔心。有時候我們要賭一賭孩子的復原力，她如果撐得過去，就會成就不凡的靈魂。她需要的不是團體，而是一對一的線。在團體裡，她不可能洩漏自己的困難。」

聽完敏麗老師所說，我們決定另闢場域，尋找一個能夠讓她感到安全的所在。我推測，喜愛閱讀且安靜的她，應該會更喜歡透過書信來交流。因此，我們何不準備一本冊子，和她交換日記呢？我讓法師知道我準備開始做這件事，並告訴他我對移情的擔心。法師建議這本筆記書可以是「一對多」的方式進行，也就是邀請她也可以寫給湘涵或承寬等人。這是個好點子，只是奉獻假日的小林夥伴，現在又被我陷害要動筆寫信就是了。

全盤思量後，我準備了一本筆記書，並在書裡做了一個小祕密，將一張她會喜歡的照片藏在裡頭。並且留了一張小卡在裡面，上面寫：

小夏：

這本筆記本有一個祕密，藏在封面後面。我相信你一定可以發現它。另外，如果你有什麼想找我們聊聊的，不嫌棄的話，可以寫在這本筆記書裡，我們會回給你喔！

噶柱

那天小夏被羽球拍打到鼻梁，鮮血直流，整隻手掌都是血。我們為她簡單處理後，她就一個人坐在旁邊看大家玩。在那樣的時機下，我把筆記書交給了她。神祕兮兮地說：「裡面有個祕密喔，看你厲不厲害，找不找得到！」小夏跟我說謝謝，一樣非常懂事而有禮的。

一個禮拜後，小夏在活動結束前，真的把筆記本拿給我，不好意思地說：「噶柱，我寫很少喔！」我告訴她，敬請期待我們真心誠意的回信。

明天又要上小林了。剛剛提筆在書桌前寫下第一篇的交換日記。很久沒有動筆寫信，字很醜，還會飄。不過這種緩慢把字產出的感覺真好。沒想到的是，這輩子我也會開始玩「交換日記」。年輕時沒玩過，現在都要三十歲了才來補修，想起來還滿好笑的。但如果這本小冊，能讓我們和小夏坦誠碰面，那一切都值得了呀！

走進孩子的世界

來小林已超過半年，這一天，才真正感覺自己進到他們的生活世界。一切發生，竟從一堂「沒人要聽」的閱讀課開始。

這次課程，我們準備了幾本繪本要說故事給孩子聽。打頭陣的是阿寬哥哥，他講的是「挖鼻孔」，一本非常有趣的圖畫書。小朋友對這個議題很有興趣，大部分孩子都還進入狀況聽故事。但從我之後的夥伴們就兵敗如山倒、一去不復返了！如果說書也算門生意，當時之慘澹實在可用「門可羅雀」來形容。

孩子哪去呢？跑去旁邊的大空地上玩去了。大台小台的腳踏車四處繞轉，也有人跑到更遠的茄苳樹下去爬樹。留在我們前面的只剩小雀兩、三隻，唉呀，真是有點尷尬的場面！

正當我們還想趕快變出一些團康遊戲的時候，阿雅跑過來對我說：「我媽媽說，你們可以帶我們去上面玩！」

「上面？哪裡是上面？」

「就是村子靠山的那一邊。」

聽起來是個好主意。於是，大孩子騎大車，小孩子騎小車，小小孩就跳上大車後座，像無尾熊一樣攀抱著。還有幾個男生沒有車，索性用跑的。

我們從阿雅家旁的小路出發，拐過一個大彎後，來到某人家的前院。小禎在隊伍中間聲嘶力竭大喊：「我家到了！」深怕沒人知道他家在那裡似的。車隊繼續前行，來到阿威家前的三合院。阿威飛也似地衝進屋前空地，耍帥地轉了一圈，然後停下來對我們大喊：「下次來我們家鬥牛啊！我們家有籃球架！」

果然，在那紅瓦磚牆的老屋前，矗著一座活動式的迷你籃框，漆著紅白對比的鮮明顏色。阿威站在籃框下，用那雙平埔族才有的大眼睛，使力對我們眨了眨。那表情透出一種神氣，更多的則是歡迎。這歡迎來得如此理直氣壯，竟讓我有些熱淚盈眶。我知道，那不是客氣來客氣去地送往迎來，而是真真實

光著腳丫就踢起球來。即使在最克難的環境中，孩子總有找樂子的本領。

實打開了門。

「好啊！說定了，下次我們來你家ＰＫ！」我把話喊了回去。

阿威心滿意足地對我挑了一下眉，又翻身上車，大喊一聲：「走！帶你們去我們的祕密通道！」

我們繼續沿路往上騎，路愈來愈小，兩旁的風景則愈來愈開闊。不久之後，柏油路走到盡頭，孩子們卻沒有停車的意思。我們在泥土路上加速前進，耳邊的風聲呼嘯而過，伴隨他們笑呀

孩子跨上腳踏車，準備帶著義工們去探險。

叫的聲音，把整條路吵得沸沸揚揚的。

終於，我們來到這條祕密小徑的最高點，極目遠眺，我看見動工中的小林國小，向著天空慢慢長出了樣子。我也看見每次活動的青草藥大倉庫，圓弧形的棚頂在斜陽中閃閃發亮。

整個小林五里埔，此時盡收眼底。「噶柱，我家在那裡！」「我的家被永久屋擋到了，從這邊看不到，但就在永久屋後面走一點就到了。」孩子七嘴八舌，為我指出家的方向，每一個都恨不得我趕快飛去他家似的。

站在這個可以俯瞰的地方，一種「更寬廣的視框」慢慢浮現，那些過去四散於孩子口中，一個個的「我家」，此時以一種秩序的方式串了起來。每一個家，住著每一個我們認識的孩子。不知不覺中，我竟與一個村子如此緊密連結在一起。鳥瞰帶來了全觀，也讓人意識到關係的改變。眼前的小林村，早已不是新聞畫面中的小林村，每一戶的每個孩子，我們都明白他的名字、他的脾氣，他生氣以及開心的表情。

人在環境中（person-in-environment），一直是社會工作者一項重要的思維模式。我認為那不僅是一種工作視角，更是一種態度上的提醒。提醒社會工作者帶著誠意，走進對方的脈絡之中，站在對方的世界感同身受。以我先前的經驗，就曾有本來叛逆的少年，因為自身所處的環境被理解後，從此態度一百八十度轉變，成為順服的孩子。

過去，礙於時間有限，我們把握每一次時間，帶來各式各樣的活動。然而，也因為這樣的緊湊，一直沒機會走進社區去看看孩子們的家，看看他們在什麼樣的環境中長大。儘管如此，這份持續不斷的誠意，應該也被孩子感受到了吧！至少，我感謝他們敞開了門，帶領我們走進他們的世界之中。

「噶柱！繼續往前騎啊！等一下也會經過我家喔！」坐在我後面的小羽指著前方的路，語氣裡帶著興奮。

「好啊，我們走！」

孩子們一陣歡呼，又紛紛跳上車，往山徑的另一邊踩踏前進。在重力加速度的幫忙下，我們滑行而下。坑坑洞洞的路面，像大地的擊掌，與我們的心跳一起共振起舞。「今天過後，我們的世界該又更靠近了一點吧！」我在心底默默地想。一隻白鷺鷥從草地中緩緩飛起，雪白的翅膀，在空中劃出一道安穩的弧線。啊！這真是一個美好的午後。

我們有祝福

二〇一一年三月十一日，日本東北發生大震，帶走數以萬計的生命。海嘯、輻射外洩、廢墟般的蒼茫大地，宛若沒有結局的災難片，透過新聞席捲了全世界。不知為什麼，過去那些遙遠而陌生的電視畫面，於我竟忽然「親切」了起來。我好像突然之間懂得了——那裡的那一群人，就如我們在小林村遇到的每個孩子、每個大人一樣，正承受著巨大的撕裂之苦。痛楚以一種異常清晰的方式被放大，撞進我的內心……。

「有什麼是我們可以做的嗎？」我問自己這個問題。

來小林村一年，我們並無在課程中直接觸碰孩子的受災經驗。原因其一，孩子其實都明白「我們為什麼會現身」。而我相信，「知道有一群人，專程為我們上山」的本身，就已是一股強大的支持力。其二，團隊中確實也還沒有能力，主動解開這個複雜的創傷之結。我們採取一種「靜靜陪伴」的姿態，不主動挖掘，但如果孩子願意，我們隨時敞開雙手歡迎。

此次日本海嘯，我猜，孩子心裡必定有了些許波動。相較我們，他們必定用了另一種我們所不知道的方式，把災難給牢牢記住了。記憶啊記憶，一條布滿勾刺的藤蔓，總會在莫名時刻纏勒上身。既然無法斷根，或許我們只能一次次學習——在糾纏之中，與它安然共存。

「危機，常常也是轉機袒露之時。」思及於此，我靈光一閃，何不藉此機會，讓孩子做點事情呢？說不定以日本大震為藥引，也能帶著孩子走進心傷深處，去鬱化瘀、理順心情吧！

「我們有祝福」，這五個字浮現在我的腦海裡，是的，祝福，一種最無求、最單純的心念。小林孩子的祝福，不是空泛的同情，而是「以身親歷」的理解與支持，我想，那一定具備某種力量。而對小林孩子來說，在跌進回憶（甚至恐懼）的同時，或許我們能透過祝福，把那一念痛苦，轉成對他人的悲憫與照顧，我相信，對孩子的療癒必有所助益。盤算底定，我們立刻做了安排——這週末讓孩子寫卡片，並幫他們把卡片寄到日本去！

週六下午活動開始，我們先播放了一些日本海嘯的影片，讓孩子進入情境。而最後一段影片，是八八水災時日本人在街頭為臺灣募款的畫面。他們高舉著牌子，上面寫著「小林村壞滅」，大聲疾呼日本民眾伸出援手。我藉此呼喚孩子的感恩心，讓他們明白，當年幫助我們的人，此時正遭受與我們一樣的巨變。

影片結束，我環顧孩子一周，把今天的邀請說了出來：「孩子們，我們今天一起來動手寫卡片。為日本祝福，也是報答他們過去對小林村的恩。這些卡片，我們真的會把它寄到日本去喔！」我打算請曾在日本念書的敏麗老師幫忙，把孩子的卡片送進災區。

孩子彷彿都聽懂了，知道這是一件「國際級」的事。於是各自就位，拿起美工用具開始製作卡片。他們收起平常好動的樣貌，專注地在桌子上靜靜忙了起來。看得出來，孩子們以一顆慎重的心在面對此事。我們準備了幾句簡單的日文祝福語，讓孩子可以抄寫在自己的卡片上，如：「君たちの平安を祈ります（祝福您們平安！）」、「頑張って（加油！）」等等。孩子對這歪歪扭扭的日本字很有興趣，一筆一畫臨摹在自己的卡片上，童稚樸拙的字跡，真誠而可親。

活動前，我聽了法師的建議，在現場持續播放輕柔的曲子，用音樂的力量營造出溫暖沉靜的氛圍，也避免孩子跌入情緒之中。其他夥伴也發揮支持功能，他們陪在孩子身邊，用小小聲的鼓勵和讚美，不斷安定孩子的心。

卡片一張張寫了出來，二年級的阿忠寫著：「日本加油！ㄏㄡ嘿！ㄏㄡ嘿！」很有他平日的開朗氣勢。小羽則寫：「日本加油！祝早日康復！小林加油！加油喔加油喔！」她為日本祝福，也為自己打氣。翁會長和翁媽媽則寫了一封情感真摯的信，代表小林村的家長們傳達關懷之情。

而最讓我們動容的，是阿盛的文字：

我的名字叫翁詠盛，就讀小林國小，可是已經不見了，所以我們就在甲仙國小讀書。我以前的朋友都不見了，我們很難過，所以我的心都快要碎掉了。我現在還是會難過，但是看到了日本海嘯我更難過，所以我想要幫大家加油，我希望你們要過著平平安安的生活。

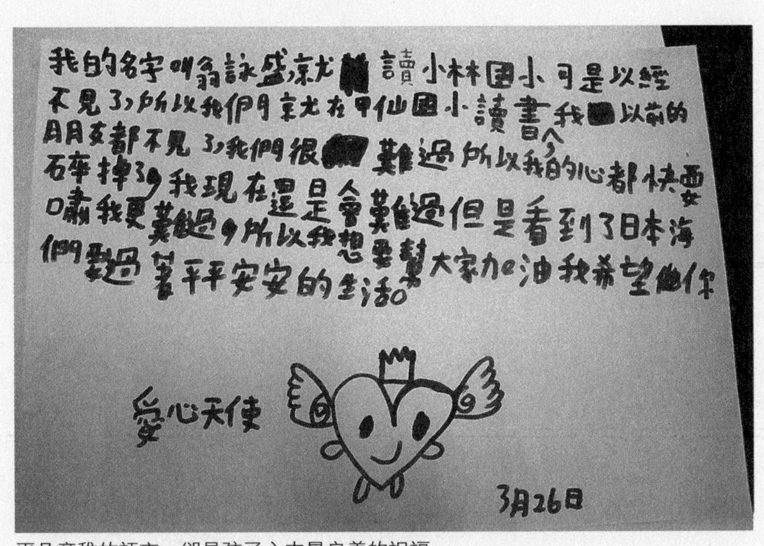
我的名字叫翁詠盛就讀小林國小可是以經
不見了，所以我們就在甲仙國小讀書我以前的
朋友都不見了，我們很難過所以我的心都快要
碎掉了，我現在還是會難過但是看到了日本海
嘯我更難過，所以我想要幫大家加油我希望他你
們能過著平平安安的生活。

愛心天使

3月26日

平凡童稚的語言，卻是孩子心中最良善的祝福。

平凡無奇的語言，但那顆碎裂的心卻鮮明地浮現在我們眼前。這樣一個善良的孩子啊，實在很難不讓人心疼。生離死別的苦，該怎麼訴？要如何化？我們都沒有答案，但我感覺一顆小苗在悄悄萌芽，葉片上的淚珠雖然還在，卻已勇敢挺起身子，迎向風來的地方。

災難頻傳的時代，你我心中或都有傷，但只要我們有祝福，世界一點也不孤單。小林，加油！日本，加油！

阿銓出車禍

憲宇，阿彌陀佛！

剛剛阿銓在五里埔騎腳踏車被汽車撞傷，聽說頭部那邊大量出血，他奶奶已經陪他坐救護車去醫院，有可能送到旗山醫院，我已經和旗山醫院的社工聯繫，讓你知道這件事，如果後續有需你協助，再跟你說。

碧華　合十

法師及諸位夥伴：

翁會長來電，阿銓頭部的傷勢比較深所以需開刀，晚上已轉高雄榮總。其手腳也有些裂傷，不過幸而阿銓目前意識是清楚的，所以請大家放心囉！感恩！

玲華　合十

當接獲安心站告知阿銓出事的訊息，立刻把信轉給所有的小林夥伴。早上醒來，發現所有小林夥伴都在臉書上為阿銓禱告。不分宗教信仰，不分距離遠近。

得知阿銓腦部可能要動刀，承寬在睡前給我最後一通電話，我們討論：「這時能做什麼？」他劈里啪啦說了一堆旗山轉送高榮的可能因素，以及目前可能遇到的各種狀況。也說奶奶這時候應該會收到各式各樣關於病情與動不動刀的風險評估，最後必須做出決定。對一個久居山上的老人家來說，此時最需要有一個能夠信任的人，到現場陪伴她，和她討論，然後協助她一起做決定。承寬想做這件事。

我把玲華師姊手機給他，他匆匆掛上電話。我覺得這個人很有可能半夜就衝去榮總急診室。

「小林村」是什麼？一年過後，它不再是一個模糊指稱的標籤或印象，也不是被媒體過度炒作的悲情山村。它是一個常常被山嵐圍繞的小村，它也是二十多個會鬧脾氣會罷課的孩子。

孩子住在五里埔，卻也住在我們心中，時時活在我們所有人的護念與在意當中。我們不在那邊，但我們其實一直在那邊。如同一家人，以心念、以祝福、以具體的行動，看護著這群孩子。

隔天從成大上完敏麗老師的課後，燕珠師姊、士軒、逸婷、玨華和我一起去高雄榮總看阿銓。

到的時候已是晚上，阿銓轉到一般病房，頭髮被理光，像一個小沙彌。右腦後側包紮著、左手也是。後來這孩子腦部沒有動刀，只縫了十四針，左手兩隻手指骨折。左眼下方瘀青了一塊。沒有開腦，真是萬幸。

我們問他記不記得我們是誰，他全都記得。燕珠師姊送他一隻小熊布偶，我們送他一張猴子造型的大卡片。他好開心，拿著小熊在手掌上把玩。一下讓它溜滑梯，一下讓它到處放屁，咯咯咯笑個不停，完全還是那個小皮蛋阿銓。玩到一半，又讓我們猜，他這次月考考第幾名？

我：「這太難猜了，給我一點提示嘛！」

阿銓：「三減一。」

我：「哎呀，你給的提示好像又太多了！」

（逸婷和玨華在一旁大笑。）

他說他數學考一百，國語錯一題，九十八分，就第二名了。真難想像耶，他竟然成績這麼好！

這也是第一次看到阿銓的爸爸，一個感覺年紀比我還小的原住民青年。阿銓的爸爸長期在臺北工作，一年回來一次。這次因為他出事，特別趕回來。我想，阿銓會這麼開心，可能是因為我們來看他，一部分也是因為爸爸回來了吧！從小父母離異，爸爸又長年不在，只有他與奶奶相依為命。因為這場車禍，他的爸爸回來了，二十四小時陪在他的身邊。對一個孩子來說，那該是多大的滿足。

阿銓的爸爸看起來酷酷的，不太多話。有一次阿銓笑得太激烈，肚子跑出來，他爸爸冷冷地說了一聲：「把被子蓋起來！」只見阿銓轉頭看了父親一眼，立刻踢腳把被子踢回身上。那是我從未在他身上看到的順服。他喜歡他爸爸，願意聽爸爸的話。我甚至覺得，他告訴我們他考第二名的事情，也是故意說給爸爸聽的。那是一個兒子在展現「身為兒子」的驕傲。

我們離開的時候，阿銓把小熊拿起來，用小熊的手跟我們揮手說再見。好可愛的畫面，那是我看過最可愛的他。

每個孩子都需要爸媽完整的愛。這句話早已是陳腔濫調。但在現在這個時代，能享有這份完整之愛的孩子，真是少之又少。

盡頭後的光

甲仙往五里埔的路，芒花有一搭沒一搭地開著。在山邊、在低谷，在我們的車窗外觸手可及的地方，蓬鬆地開著。「誰暈車？來，駕駛座讓你坐！」開車的欣哲師兄說，引來車上一陣大笑。「師兄，怎麼可以叫暈車的人開車啊？」我替已經有點想吐的雅珺爭點公道。「真的啊，暈車的人開車，一定不會暈！」師兄兀自玩笑，卻已經把車停到路邊，讓雅珺換到副駕駛座來。這是一個突出於山邊的小平台，剛好臨著楠梓仙溪溪谷。冬天早晨的陽光射進谷裡，給這座狹長谷地鋪上一層魔幻的色彩，好像來到一個不屬於世界的世界。

每個週六上五里埔，我都有這樣的錯覺。晃晃晃、暈暈暈，一彎又一彎後，車子就會把我帶到一個和山下不同的世界。一座失去森林的山谷、幾個坐在門口乘涼的老人，加上一群等待我們的小孩。「去小林」已經成為我們身體裡的熟悉週期，一週又一週。

今天是這學期倒數最後第二次上山，嬿臻和雅珺要上閱讀課，選了賴馬最精彩的繪本——《我變成一隻噴火龍了》。有了前面幾次閱讀課的「慘痛經驗」，在車上我不斷給兩位夥伴心理建設——「要有心理準備，孩子沒辦法坐太久喔！」「帶不下去也沒關係，再拉出來打躲避球也很好。」

說不緊張真是騙人的。燕珠師姊正式卸任，之前都是有她「無形的按捺」（臺語）。而嬿臻和雅珺也很久沒上山了，不知道孩子對他們的接受度有多高？我不擔心孩子的暴走，就怕傷了這些年輕人的心。

到了五里埔，發現青草藥行正在曝晒他們的藥材。於是徵詢翁太太的同意，我們決定把上課地點拉到翁會長家的客廳去。

進客廳布場，我看見供桌上的神明。一邊架設單槍和布幕，一邊在心裡先跟神明打招呼。待會這裡要是一發不可收拾，還請您多擔待包容啊！

器材架設完畢，嬿臻和雅珺先帶孩子到外面進行暖場遊戲，把場子熱開之後，再回到客廳來聽故事。大家都進去了，阿銓一個人卻坐在外面，兩眼瞪著地板，表情有點落寞。我以為他又被欺負了，走過去蹲下來問他怎麼了。阿銓這才發現我走到他身邊，緩緩抬起那顆圓滾滾的頭，問我：「噶柱，你們今天為什麼早上來？」

「喔！因為今天有些大姊姊下午有事，所以我們只好改到早上了。」

「那你們之後是早上還是下午來？」

「以後應該都會是下午喔，今天是例外。」

聽到此，他的表情才有點振作起來。

「噶柱，我比較喜歡你們

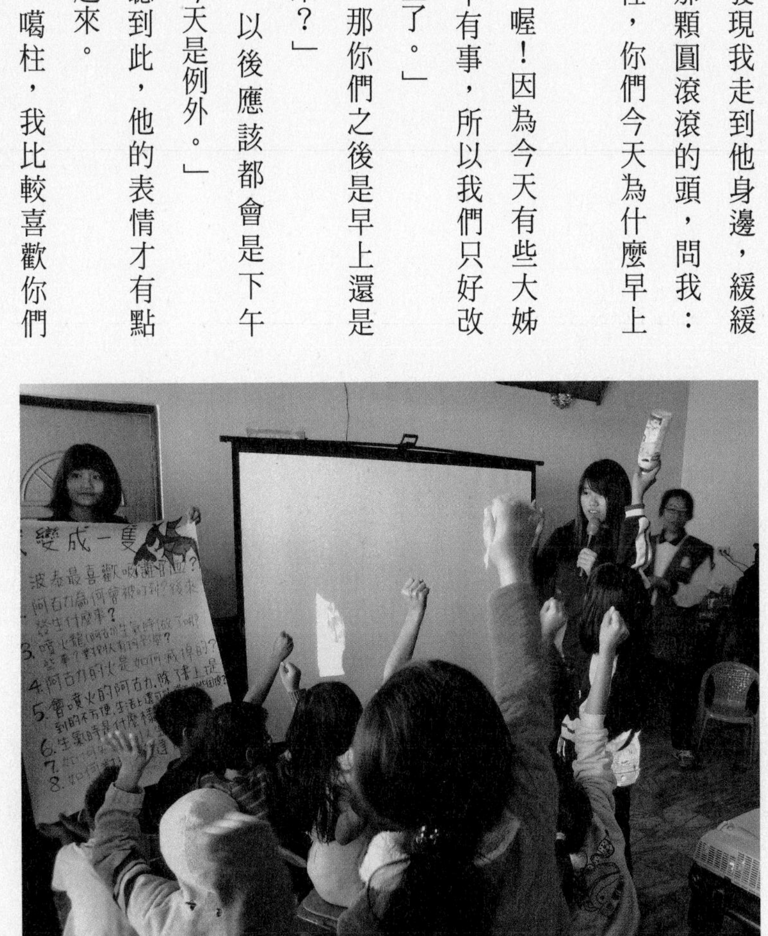

雖然沒有教室，但這堂客廳裡的閱讀課，孩子們依然興致滿滿、踴躍舉手。

下午來。」

「是喔，為什麼呢？」

「因為這樣可以一直玩一直玩玩到晚上，早上的話，等一下就要回家吃飯了。」

原來是個貪玩的孩子，太可愛了！

「噶柱，現在幾點？」

「現在喔，我看看……，十點二十分。」

我趕忙掏出手機亮出時間讓他看，證明我所言不假。

「那你們幾點要走？」

「大概十一點半吧！」

「那還有一個小時對不對？喔耶！」

恍然大悟的阿銓，這才興沖沖地站起來，晃著他的肚子跑進客廳。

客廳這頭，嬿臻已經開始說故事了。

「有一隻會傳染噴火病的蚊子，叫作波泰。波泰最喜歡吸愛生氣的人的血……。」

「今天一早，阿古力被波泰叮了一個包。他非常非常生氣，對著波泰大叫一聲！」

「吼！！！！」

客廳裡真的出現一個怪獸的聲音，所有孩子面面相覷，不知道是從哪發出來的。嫵臻姊姊繼續說下去：

「他的漢堡變成燒焦的炭堡。他也不能刷牙了。」

「阿古力只要一開口，就會有火冒出來。」

「啊！我變成一隻噴火龍了！」

又來了，客廳裡真的傳來怪獸阿古力的聲音。

有小孩湊去操作電腦的歐巴馬哥哥那裡，說：「是你放的音效，對不對？」歐巴馬哥哥搖搖頭，他們不信，守在電腦旁看。阿古力和波泰的聲音，還是輪番在客廳裡出現。真的不是歐巴馬哥哥放的！

故事好好聽，還有神奇的怪獸聲在客廳裡迴盪。孩子們聽到入迷了，最後也不管聲音從哪裡來的，專注地聽著故事。

「又餓又氣的阿古力，傷心得哭了起來，哭了好久好久……。」

「嗚……嗚……嗚……。」

「沒想到，鼻水和淚水，竟然把火澆熄了。」

「太好了！太好了！」

「啊！找到了找到了，細菌姊姊躲在後面！」

坐在最靠近布幕的孩子終於發現到聲音的祕密，悄悄地跟旁邊的人說。幾個孩子越過螢幕一探究竟，但沒有人因此干擾秩序。後面的問答時間，每個孩子都記得要舉手發言，既踴躍又守秩序！

吃驚又感動，這真的是之前那群集體罷看電影、常常鬧脾氣的孩子嗎？

拍紀錄片的家宇在客廳裡全程攝影，她說，今天孩子對攝影機在現場完全不在意，每個人都被故事迷住了。紀錄片拍攝最大的挑戰，就是被攝者的「過度表演」或「過度防備」。但今天孩子完全是自然的，即使她的鏡頭拉得很近，也沒有人理她。

當我準備退居為客觀記錄者時，阿銓用一種高超的幽默感，超越了「拍與被拍」的關係，邀請我一起進入他的世界。

我想到今天另外一段小插曲。阿銓聽故事聽到一半，跟歐巴馬哥哥抱怨：「歐巴馬，你看蘇子翔啦，他擋到我了！」

歐巴馬規勸幾次，但子翔調整身體後，又因故事太好聽「不小心」擋住阿銓。阿銓也沒生氣，一個人喃喃自語走出客廳，在迴廊上就著一張塑膠椅跪著，自得其樂畫起畫來。我為了捕捉他專注的神情，臥倒在他旁邊，拿著相機幫他拍照。

阿銓畫了一陣，停下來，轉過頭拿起畫紙在他頭上揮了揮，快樂地說：「哈哈！噶柱你被我騙了，這裡什麼都沒有！」

手拿相機的我透過鏡頭看到這一幕，感動萬分。阿銓知道我在他旁邊，知道我想拍他畫畫。他用一種高超的幽默感，超越了「拍與被拍」的關係，當我準備暫時退到一邊，成為一個客體記錄者時，他把我又拉了進來，邀請我進入此時此刻的世界，與他在一起。

回程車上，帶著欣慰和些許的激動，我告訴家宇：「不是孩子對攝影機麻木了，是因為我們和孩子之間有關係了！」

是的，關係。長達一年的磨合試探，孩子狀況百出，夥伴身心具疲。多少次在回程車上辯論——「我們究竟能帶給孩子什麼？」多少次內心發出質疑——「褪去專業、捨棄結構後，真的有搞頭嗎？」「微弱的觸動」會不會只是高閣裡的神話，是不存在的烏托邦？

漆黑漫長的甬道，是孩子給我們的試煉。

我永遠記得小傑在做柚子燈籠那一次，忽然莫名其妙打我，吵著要我給他蛋糕。我說我沒有蛋糕啊！他很激動、繼續打我，一邊打一邊大叫：「你們是不是來騙小孩的？是不是？是不是來騙小孩的？」

那時的我無言以對，我不知道他只是在無理取鬧，還是有更多更多我所不知道的意涵。「離別，是小林村孩子心裡永遠的梗。」燕珠師姊跟孩子道別那一次，回程我在火車站外對湘涵這麼說。難以承受的離別，需要更多的愛來療傷。

現在我終於明白，褪去專業、捨棄結構真的是沒搞頭的。除非，褪去專業、捨棄結構後，那裡有一個東西在：愛，一份單純的愛。

下山的路途，遠遠看到小傑和小眉的背影，他們要跑步回家。欣哲師兄把車子靠邊停，招呼兩個孩子上車，決定繞路送他們回家。小傑坐在我的懷裡，安安靜靜的。望向窗外的山，發現山頭在陽光下更加的綠了，抱著他的手也不知不覺更緊了些。

陽光更加耀眼

陽光流入午後的楠梓仙溪溪谷，沿著臺二十一線往山裡的方向收攏靠聚。車子零零星星，從這頭出現，又慢慢地隱到路的另一頭。日頭赤炎炎，微風吹動，我們的車子也在下午三點緩緩駛進小林村五里埔社區，開始今天的心靈陪伴活動。

今天的活動是「走繩」，由少康老師帶領。少康老師在場地中拉出一條約三公尺長的懸空繩索，並下達指令：能從繩子這端走到另端都沒掉下來者，就算成功。孩子們面對這個新奇又富挑戰的遊戲躍躍欲試，一開始幾乎沒有人成功，少康老師於是提示重點，要孩子先在平地上張開雙臂行走，找出身體的平衡感覺。另外，最重要的是要保持專注放鬆的心。孩子了解方法後四散練習，練夠了又回來繼續挑戰。慢慢的，有些孩子掌握到方法了。他們會先站在起點處好一陣子，熟悉身體和繩子在一起的感覺，然後張開雙手，屏氣凝神一

一條騰空的繩子，就能讓孩子們躍躍欲試，享有一個美好的午後。

步步地向前走。當第一個女生成功走到對面時，所有的人都為她熱烈鼓掌！真的有人完成這項任務了！

家宇和我也曾嘗試上繩挑戰，不過……算了，對兩隻老骨頭來說，後果請大家自行想像。

第二個活動是「自然圖畫」，請孩子到附近樹林尋找落葉枯枝，並在紙上排出螢火蟲的樣子。孩子們開始到附近的芒果林尋找。這是運用自然素材讓孩子發揮想像力和組織力的活動。孩子們樂此不疲，找來原料趴在地上認真作畫。我教一對姊弟——小嫻和小禎，用樹葉撕出螢火蟲的櫛狀觸角。這需要很大的耐性，他們要學習沿著網狀葉脈的紋理慢慢撕。手也要巧才行，一不小心就會撕壞了。小禎很多次失去耐性，不過看到姊姊撕出大大漂亮的觸角之後，也耐著性子完成了它。他們是孩子群裡年紀最小的，但卻呈現出一種安靜沉穩的氣質，讓人欣賞又讚歎。

結束好累好累的活動，大人和孩子開始享用花生豆腐。這些花生豆腐是欣哲師兄早上「偷放」在安心站的禮物，而且連香菜都準備好了，只差沒有隨附一瓶醬油在裡面，怎麼有這麼細心體貼的菩薩呢？東道主翁媽媽很快就把豆腐準備好上桌，大夥於是圍到小桌旁，拿著鐵碗盛豆腐來吃。一邊吃一邊討論關於花生豆腐的身世，包括：「為什麼

大自然的美好，俯拾即是，孩子們發揮想像力，將枝葉拼排出一幅幅生動的畫面。

花生豆腐是紫色的呢？花生明明就不是紫色的！」阿民說：「我猜它其實是芋頭做的。」（不愧是甲仙孩子，很愛護家鄉特產喔！）筱琪說：「真的有紫色的花生啊，我阿嬤就有種！是一種大花生。」當冰冰涼涼的花生豆腐完全下肚時，「花生豆腐為什麼是紫色的」還是沒有答案，但我們每個人都挺著一個大大肚子，裝滿花生豆腐的胃，大概也變成紫色的了吧？

吃花生豆腐的時候，我觀察到許久沒來，已上國中的阿民，有很大的改變。過去的他像一隻調皮的刺蝟，又是孩子群裡的霸王，常常在活動中帶頭作亂鬧事，甚至對志工們出言不遜。然而，今天的他卻安安靜靜地坐在桌邊，自在地和大家一起吃豆腐。經過詢問，才知道他目前週間住在甲仙，就近就讀甲仙國中。週一到週三晚上都會留校自習，週四晚上則請假去安心站上英文課，週五放學才回五里埔。不知是青春期讓一個男孩長成了大人，或是規律的作息讓他身心穩定，無論如何，阿民的成熟讓人吃驚。豆腐吃完要離開前，我跟他說：「阿民，我覺得你變得很沉穩，成熟很多喔！不錯喔！」阿民回以一個「不知道該怎麼接受」的微笑，就回家了。

像這樣簡短而深刻的火花，往往發生在「活動以外」的時刻，孩子在最放鬆自然的狀態下現身，而我們也得以靠近他們的心靈。兩年多來的心靈陪伴行動，這樣小小的火花現場總是不期然地碰撞發生，有時久久不來，有時又電光火石讓人吃驚。我們開始明白「人的轉變」是如此可遇不可求，也開始明白要以無所求的心情等待再等待。

然而，今天也聽到了令人難過的消息。山上有兩個媽媽在最近選擇離開了家庭，一個因為「不詳」理由不告而別，另一個則打算和孩子的爸離婚了。聽到這樣的消息總讓人心沉，小林孩子的傷痛又豈止是三年前的一場水災，藏在臺灣各個偏遠山鄉部落的社會問題，也一再再地在他們的生命現場發生。

小林村的心靈陪伴活動，在五里埔社區已經走入第三個年頭，我們明白有太多事是無法快速改變的。我們能做的，仍然是持續地來，把一己身心帶進來和他們相遇。盛一碗紫色的花生豆腐，掉幾滴無聲的眼淚。山谷裡的風起了，迴盪著孩子的笑聲扶搖直上，吹向遠方的山頭。抬頭望去，陽光似乎又更耀眼了。

再一次的藍天，再一次的奔跑

入秋了，風向慢慢轉變，島嶼的氣候也舒爽起來。熬過豔熱的暑期，每一個孩子都知道，開學的日子近了。對許多孩子來說，開學或許是百般不願的事情，但是對小林國小的孩子來說，今年（二〇一二）的九月卻是被放在心底等待的，因為——他們的「新小林國小」落成了，盼了三年，他們的「新城堡」蓋好了！

一樣對這座新城堡充滿期待的，還有我們，陪孩子一起等了三年的大朋友們。新小林國小的基地就在我們活動場地的旁邊。三年寒暑，我們亦跟隨村民孩子的眼，凝視這座希望之城發芽長大，從無到有，從荒蕪到完好。怎叫人不期待？

九月二十二日，是這學期小林國小心靈陪伴活動的開張第一天，一切如往如常，大夥整裝備料，驅車入山。當我們到達五里埔時，翁媽媽告訴我們：

「今天我們到小林國小活動吧！」還來不及反應，孩子們已經一哄而散，跑在我們前面往學校的方向去。真好，新學期新的開始，就能跟孩子在新學校一起「開學」，也算是難得的因緣了！

活動一開始，我們決定讓孩子當導覽員，帶我們認識他們的學校。孩子們興奮極了，簇擁著我們東看看西瞧瞧。一下帶我們鑽到地下室，一下又爬到對面的三樓去看教職員宿舍。像是歡慶入厝的屋主，展示他們的新家給我們看。

說小林國小是座城堡還真不為過，基地的位置在五里埔社區的中心點，也在永久屋旁邊。地上四樓的建物，已是小林村裡的「一〇一」了，從村子裡每個角落都可抬頭望見。主建築物以口字型設計，中間圍抱中庭，牆面是純白色的。校舍中的許多角落和牆面，則運用漂流木、竹子、岩石等自然素材加以襯飾，就像小林的孩子，樸拙裡藏著素直，野生卻又赤誠的心。主建築物前方則有一個迷你的一百公尺操場，操場旁，則是以木構造搭建起來的司令台，有著濃濃的原住民風味。已經是準老師的義工阿湘姊姊，逛完之後興奮地說：「這簡直是我夢想中的學校！好喔，我要認真考慮來小林當老師了！」

走到操場邊，孩子們忽然提議——來跑大隊接力！唉呦，這項提議可真是難為我們這些「師兄師姊」了，上一次從事這項活動可是N年前的事耶！不過為了滿孩子的願，大夥兒還是挽衣袖捲褲管，準備下場較勁了！

孩子們很快就分好隊，師兄師姊們則按照公平原則分到兩隊裡去。兩隊？沒錯，兩隊。小林國小一到六年級全部學生加起來，只有三十八個，其中二年級更只剩下兩個學生。扣掉今天沒有到場的，下場跑步的只有十出頭個小孩。大大的校園，少少的孩子，我們都感覺到了，也心照不宣地明白了這份空洞。對於這樣的空洞，我們能做些什麼呢？不能做什麼，我們能做的只有——

「三、二、一，跑！」

阿湘姊姊的聲音甫落，孩子們從起跑線上衝了出去。他們光著腳丫，手裡緊抓著空寶特瓶（接力棒），奮力在跑道上奔跑著。

「加油！加油！阿盛！加油！」

司令台上無法下場的，包括法師和義工菩薩們，大聲為每一個孩子加油。

「欣哲師兄，等一下換你了，跑快一點捏！」

新學期開始，孩子帶領義工們參觀新落成的小林國小。巡禮完畢，大夥兒在操場玩起大隊接力。

跑完的孩子，氣喘吁吁地排在跑道邊，儼然變成跑壘指導員，也給隊友大力的支持。

我跑最後一棒，和我PK的是號稱小林國小的第一飛毛腿——潘阿威。

「噶柱！等一下跑慢一點蛤！」

「開什麼玩笑，跟你跑耶，跑慢怎麼行！」

潘阿威的速度真不是蓋的，黑黝黝又大眼睛的他，一看就知道流著原住民的血液。一年前他還是五年級的時候，我們就在水泥地上較量過一次。那時個頭還矮小的他，只落後我半步。一年之後，他升上六年級了，這一年他成天繼續在山裡跑，我則是持續邁向中年老化症候群。雖然過去我保有勝利紀錄，但此一時非彼一時，今天的戰況非常難料。棒子交到我手上的時候，阿威已經在我前面十公尺了。我催了催自己的老骨頭，加足油門往前衝刺。

「噶柱！噶柱！加油加油！」

「潘阿威，衝啊！衝啊！」

雙方人馬等在終點線兩旁，司令台上的人搖旗吶喊，為這兩個一決勝負的真男人加油。一瞬間，小林國小的操場似乎變成奧運的徑賽跑道，風聲呼嘯而過，藍天下我們用盡一切往前奔跑。

終點線前的轉彎處，我加足馬力追過阿威，逆轉勝！我們這隊的孩子歡聲雷動，把我當了英雄。阿威跑來我旁邊說：「嘿！噶柱你真的很會跑喔！等一下，我們再比一場！」「對，再跑一次！」其他孩子也附和。

興致勃勃的孩子們，又開始重新分配隊伍、安排棒次，也把我們大人分得好好的。比賽一次次開始，加油聲繼續在操場上迴盪不絕，我們遺忘了時間，也把煩惱拋向山外的遙遠世界。

天色暗下來後，孩子才心滿意足地停下來。我帶領大家體驗「大休息」，請孩子就地躺在操場跑道上，享受微風、享受安靜，享受將全身力量交給大地的感覺。汗水從每個人的臉龐流下來，急促的呼吸慢慢回復平靜，不管大人或小孩，我們在這座新學校裡，感受到了平凡但滿足的小小幸福。

群山圍繞的新小林國小，被天地以深厚之愛包圍，也被全臺灣人民的善念簇擁著。對於已逝去的生命，我們來不及。對於這三十多個孩子們，我們有無限的希望。他們會帶著所有人的祝福，在藍天之下，一次又一次地向前奔跑。

運動後，大夥兒一起體驗「大休息」，在群山的環抱下，享受微風、享受安靜，享受將全身力量交給大地的感覺。

孩子眼中的夜祭

十月二十七日禮拜六，是心靈陪伴例行上山的日子，同時也是小林夜祭舉辦的日子。

在小林陪伴孩子三年，前幾年夜祭都因時間因素沒參與到，這次總算跟上了。

我們一行人（玨華、文一、鴻坤），並由燕珠師姊開車，抱著期待的心情再度上山。

會場在五里埔永久屋前的大廣場上，我們到的時候是下午三點，現場已經滿滿的都是人了。由人群和帆布帳篷簇擁著的，是一座由竹子臨時搭起來的「公廨」。公廨是小林平埔信仰的核心，供奉的是「番太祖」。公廨前面，有數十個大盤大鍋大桶，器皿之下以姑婆芋葉子為墊，器皿之內則裝滿各式各樣的食物——蘿蔔糕、糯米飯、炒米粉等等，都是小林村民一早起灶準備的。公廨旁邊，搭了一個高高的舞台，有一個穿得很辣的女主持人拿著麥克風賣力地主持節目，舞台下正前方的帳篷裡，坐著各式各樣的長官。

我們在人群中尋找孩子的身影，看到阿華、阿嘉、小彤已經穿上西拉雅族的傳統紫衫，在會場中央跟著大人跳「陣頭」。鼓聲鑼聲震天價響，他們不斷變換隊形、繞圈圈，非常賣力而自得其樂的樣子。尤其阿華，這孩子天生是個人來瘋，今天剛好有這場合讓他大秀特秀。瘦弱的他，雖然已經全身大汗淋漓了，卻還是拚了命地隨聲浪擺動身體。

看了一會兒，又找

小林夜祭活動中，幾位孩子穿上西拉雅族的傳統紫衫，在場中央跟著大人跳起車鼓陣。

到另外一些孩子。他們正在舞台邊待命，等等要上台吹奏陶笛。他們穿著小林國小的運動服，女生是桃紅色的，男生是天藍色的，都是排汗衫材質。我沒看過他們這套衣服，覺得搭配起來還挺好看的。

會場中的音響開得老大聲，一個接一個長官被請上台致詞、頒獎。我對這些例行門面事興趣不大，繼續在人群裡觀察我的孩子們。心中大概也有了底，今年的夜祭恐怕不會太傳統了！祭儀觀光化現象早已存在多年，不須我再贅述，今天我只想觀察一件事，就是我們的孩子怎麼在這樣嘉年華似的夜祭中「找樂子」。

孩子真的是一種很有趣的生物，他們直接、自然，帶著新奇的眼睛來理解這個世界。大人的祭典太場面本來就無可厚非，（畢竟在當今，要完全避開政治和外人，需要多少的民族自覺啊！）孩子卻可有其自得其樂之道。

我第一眼發現的是阿銓。這個挺著肚子的小胖子今天好像完全沒有任務，沒穿紫衫也沒穿學校的運動服，一個人傻楞楞地站在舞台「邊」。為什麼這個「邊」要用引號強調起來呢？因為他真的就站在舞台的「邊上」，毫不在乎下面坐著菊姊（高雄市長）這樣的人物，理直氣壯地站進搖滾區。他兩隻眼睛瞪得老大，目不轉睛地看著舞台上的節目。我忍不住拿了相機，也潛進搖滾區，把他專注的神情做了記錄。

輪到小林的陶笛班要演出了，主持人介紹之後，孩子們魚貫地走上舞台。他們大部分是六年級的孩子，阿立、阿雅等，最小的才三年級，是個頭嬌小的小嫻。兩個男生站兩邊，女生站中間，這隊形搭配他們天藍桃紅的衣服，遠遠看去特別協調。孩子們演奏了好幾首曲子，我都不記得曲名了，只知道他們曲子裡還有分聲部，有人吹高音部，有人吹低音部，高低笛音匯在一起，發出了合音共鳴，在人聲鼎沸的廣場上像一汩清澈甘甜的泉水，滋潤了每個人的心。不是我偏心護短，孩子們這幾支陶笛樂曲，是今天所有演出中最雋永、最怡人的樸初之音。我聽到了，不知現場觀眾們是否也聽見笛音中的心意？

陶笛演奏的時候，阿銓從舞台的右邊，繞到舞台的左邊，但一樣大剌剌地站在「邊上」。而我也站在他的後面聽台上吹笛。曲子進行到一半，台上的阿盛發現了我們，開始對我們擠鬼臉。阿銓樂極了，也擠了一個鬼臉回報。之後約莫十秒鐘，阿盛好像無視台下的貴賓長官們，臉朝我們，一邊吹一邊擠鬼臉，真是笑死我了！（不過，我想他們指導老師的臉色應該很難看……。）唉！這就是我所謂孩子「找樂子的天賦」。而這種找樂子的天賦，為本來樣板化、表演化的夜祭，擦亮了一點點的花火，讓這場夜祭不再是「按照節目單來的典禮」，而是有互動、有創造、有趣味的事兒。

請注意，我無意否定「按照節目單來的一切準備」，事實上，正因有先前的準備，才創造這些擦出火花的可能性。很多強調「解構」的人，只一味的「反」，卻不知道正因「有結構」，才有解構的「對象」和「施力點」。我，和我周遭的朋友，常常都是帶著「反」的姿態在批評、在挑人家毛病。（到現在我還是常常有這樣的病。）自我反省起來，其實真要我們當「執政黨」，也不一定會做得更好呢！孩子眼中的夜祭固然迷人，充滿了童趣。但若要孩子們自己來辦夜祭呢？恐怕會吵翻天，趣味盡失了！

其實真正的夜祭是晚上六點後才開始，但我們因還要趕下山，無法跟到祭典中最精彩的部分。下午孩子的表演告一段落後，我們在「黑糖妹」家旁

孩子們的陶笛樂曲，是最雋永、最怡人的樸初之音。

邊的空地上另起戰場——打羽毛球！來打球的孩子不多，才四個而已，其他都繼續在會場中「找樂子」。雖然人少，卻依然是我們珍惜的時光。畢竟，能陪伴孩子的日子恐怕也不多了！

空地上「我來！我來！」的聲音此起彼落，大朋友和小朋友分兩陣營拍打羽球。

今天來的夥伴都是手長腳長的，鴻坤和文一就不用說了，連珏華都是！加上高年級代表小靖和小思，低年級代表小禎和一位沒見過的小女孩，身高和年紀恰恰好都成級數下降排列。也讓這羽球打來趣味特多。什麼趣味？就是手長腳長的人把球打得老高，低年級的只好舞著短手短腳滿場奔跑。唉！我們可沒欺負弱小喔，他們兩個小的可是快樂的很，一邊跑一邊笑到岔氣哩！

太陽西沉，羽毛球飛揚的天空，漸漸地看不清楚了。收拾了球拍羽球，向掉在稻田深處撿不回來的兩顆羽球說再見，我們步上歸程，準備回翁會長家吃飯。

有夜祭的臺二十一線特別熱鬧，車子也比往常多了起來。經過小夏家的時候，看到她和妹妹蹲在家前面的騎樓上，好像在研究什麼有趣的東西。很久沒看到她們姊妹倆了，很想叫叫她們，但時間緊迫，也就作罷了！

小林，一個遙遠而又親近的村莊，我們的孩子住在馬路兩邊的街上，一個一個都長大了。而我們的未來，也像前方車燈照開的夜路，一直來一直來。

走！唱歌吧！

如果有什麼是值得慶幸的，我會說，幸好，我們還有孩子，以及孩子無憂無畏地歌唱。

十二月二十三日，禮拜天，也是寒流來襲的日子。路上行人幾乎都把脖子藏在大衣圍巾裡頭，在冷風中加快了腳步。儘管如此，街道上卻不顯得清冷。是的，聖誕節快到了，大鎮小城照例換上了銀白色的妝，飄揚著溫馨的過節氣氛。此時的五里埔永久屋社區，卻還是靜悄悄的。今天的太陽起得特別晚，斜斜緩緩地把陽光射向溪谷，蒸起了一片早霧。霧中的五里埔更是安靜了，只剩咕咕啾啾的鳥兒自顧自唱歌。還是沒有人發現，一群孩子已經躲進學校裡，進行一項令人興奮的祕密計畫。

他們是小林國小的孩子們，最大的六年級，最小的才念幼幼班。但不管大的還小的，他們的手裡都拿著剪刀、水彩筆、造型貼紙等等工具，在小林國小的穿堂廣場上到處忙著。有人拿著水彩筆，用色彩鮮豔的顏料，在卡片上留下拓印。有人剪下各色各樣形狀的貼紙，小心翼翼地貼到甲仙安心站準備的祈福燈杯，就風風光光出場了。他們把燈塞在口袋裡，左邊一個，右邊一個，小心翼翼，像在藏著什麼寶物一樣。也有人三兩成群，到師姊面前練唱聖誕節的歌：「We wish you a Merry Christmas. We wish you a Merry Christmas.... and a Happy New Year!」中間咿咿呀呀帶過都沒關係，只要關鍵字唱得字正腔圓、充滿誠意，就算過關。

孩子們在學校穿堂進行祕密計畫，有人拿著水彩筆，有人剪下各色各樣形狀的貼紙，小心翼翼地貼到甲仙安心站準備的祈福燈杯上。

當所有的卡片和燈杯都準備好時，時間已近中午，但沒有一個孩子喊餓，因為，「祕密計畫」才正要開始呢！分作兩隊，孩子踩著雀躍的腳步，一個個跑出了校園。目標五里埔永久屋，我們——報佳音去囉！

三年前的那一場水災後，小林村村民按照各自的因緣，接連進住了幾個新家。八八水災剛發生時，大部分鄉親安置在由紅十字會在杉林搭建的組合屋。之後由慈濟興建的大愛村永久屋完成，部分小林村民入住（目前這裡的居民以「小愛」自稱）。去年（二〇一二）五里埔永久屋和杉林鄉的日光小林永久屋相繼落成後（均由紅十字會興建），組合屋的村民正式有了穩定的家園。

住所幾經更迭，小林村民目前散在三個不同的地方。而空間上的改變，也使居民們的鄰里關係有了變化。過去熟悉的人事，隨著小林村掩埋而失去。老鄰居換成了新鄰居，許多有形無形的東西，確實需要時間，等待社區居民一起慢慢重建。

對於這個新的家園，有沒有什麼是我們可以做的？三年前第一次的心靈陪伴活動，適逢元宵節夜晚，我們決定教孩子做燈籠。社區許多家長都來了，一起用最克難的方法做出燈籠。然後由翁媽媽帶領，我們和孩子們手提燈籠、帶著糖果，走進社區敲門按鈴，把祝福帶給戶戶人家。雖然當時的人力和時間都非常吃緊，但那一晚帶給我們的感動和記憶，永遠是那樣鮮明深刻。

事後回想，當時的因緣究竟是什麼，可以讓社區們動起來，凝聚一心？彼時水災才過半年，苦難所帶來的迫切與珍惜感，可能是其中一個原因。然而我們覺得更關鍵的因素，是孩子。

就像今天吧！孩子們一家一家跑、一家一家唱。當住戶的門一打開，歌聲從孩子口裡齊聲揚起。

他們去阿嘉家的雜貨店，阿嘉的阿嬤開心地要阿嘉請同學吃餅乾，然後要阿嘉跟著去報佳音。

他們去已經念國一的阿華家按門鈴。

當所有的卡片和祈福燈杯都準備好時，孩子兵分兩路，踩著雀躍的腳步，目標五里埔永久屋，報佳音去囉！

阿華揉著惺忪的眼打開門，大吃一驚，傻笑地看著他的學弟妹對他獻唱。

他們追上固定會開來永久屋賣菜的菜販車，向每一個買菜的叔叔阿姨們唱歌。

他們遇上了汪汪叫的大黑狗，雖然有點害怕，幾個年紀大的還是拉著年紀小的，在狗狗的「歡迎聲」中把歌唱完。

他們也被黑糖阿姨請進家裡坐，平常調皮的阿銓，仔細介紹同學給阿姨認識，並且正經八百地向黑糖阿姨報告了這項「祕密計畫」。

彎彎繞繞的街道，蹦蹦跳跳的腳步。孩子們從眼前的街口消失，又從另一個巷弄鑽了出來。我們已經跟不上他們的腳步了，只能豎起耳朵仔細聽，那時遠而近的歌聲，在這座迷宮般的森林裡傳唱環繞。

我們的迷宮，卻是孩子們的天堂。

一個媽媽在接受祝福後，轉身從屋內拿出自己種的芭蕉，給孩子們一人一根。阿銓的奶奶在社區尾端開雜貨店，看到孩子們來，要他們自己到冰箱裡拿飲料「慢慢來，自己挑自己喜歡的」！一對年輕的夫婦，在我們唱歌時，拿出攝影機幫我們記錄這個美麗時刻，又端出一盒甜滋滋的夾心餅乾。孩子們不好意思在主人面前吃，走了一段路後，才把餅乾盒打開，一人一塊，小心翼翼地品嘗著。

「好可惜喔！我哥哥今天沒有來！」小慧抬頭跟我說。

「對啊，阿智今天怎麼沒來？」我問。

「他在家裡玩電腦，現在他每天都上網跟人家聊天。」

阿智也是今年剛升上國中的孩子，比小慧多幾歲。升上國中後，就很少看到他來參加我們的活動了。

「是喔，那你爸媽沒有管他喔？」

「我爸爸去住院了。」

「住院？哪裡？」

「高醫啊！」

「那誰照顧爸爸呢？」

「媽媽呀！媽媽現在找零工，沒工作做的時候，就去醫院照顧爸爸。」

「嗯！爸爸媽媽真的好辛苦，你要回去跟哥哥講，不能再這樣玩電腦了！」

「拜託，我講他不會聽的啦。」

「那你留一塊餅乾，等媽媽有回來的時候，拿給媽媽。」

「好。」

短短幾句對話，我暗自心驚。這是偏鄉孩子非常典型的生活樣貌——大人工作不穩定（只要一個人倒下，經濟就頓失來源）、醫療資源不足（從小林村下山到高醫，至少還需兩小時車程）、家庭教養功能因而失落、孩子得不到愛和規範，開始走向網路交友和網路成癮的風險……。

小林村的傷，豈止是三年前的那一場土石流？有更多長期而緩慢的傷，也不斷在吞蝕孩子的未來。我相信，不只是小林，在臺灣數百個偏遠的部落、農村、漁村，這種故事是「全面而持續」地在發生。

每次思及這種問題，一種深深的無力感就會侵襲上來。面對這麼龐大的結構，我們能做的非常有限。和這種無力纏鬥多年，終然發現殷憂無用，只

孩子們一家一家地跑，當住戶的門一打開，祝福的歌聲就從孩子口中齊聲揚起。

是在嚇自己。而去挑戰或批評某一個「眾夫所指」的「罪魁禍首」也不是我欣悅的道路。獨行性格使然，回到自身，當下就讓自己「有」能為力，是我最後選擇的方式。等制度改變、等政府省悟，等來等去，都是在等別人。孑然一身，就能來去自如。直接去關懷可關懷的、去做所能做的，是我的孤芳自賞，也是我所能及的安頓與確信。

從永久屋報佳音結束，回到小林國小已經是下午一點多了，早超過了午餐時間。但孩子們沒有人喊餓，也沒有人不耐煩，每個人臉上都是快樂的神情。孩子們今天的表現真好！他們任怨任勞，把天使般的「無畏布施」帶給每一個社區的大人們。那種單純的喜悅，不是因為得到物質上的獎勵，我相信，是因為他們也「回到自身」，從「走！唱歌吧！」的裡面，找到了與我相似的安頓與確信。

活動的最後，美婷準備了禮物，湘涵則帶了巧克力蛋糕，要給小林孩子們一個美好的聖誕節。禮物是一雙可愛的襪子，裡面放著五彩繽紛的糖果餅乾。法師把獎品拿給每位孩子，嘉勉他們今天的優越表現。一口接一口的巧克力蛋糕，一次又一次的歡呼與掌聲，我們忘記了飢餓，而窗外山谷裡的早霧，不知何時早已散盡。

如果有什麼是值得慶幸的，我會說，幸好，我們還有孩子，以及孩子無憂無畏的歌唱。心裡的傷、偏鄉的傷、八八的傷、大人的傷……。

走！唱歌吧！

女孩，以及為女孩哭的女孩

甲仙安心站最近很有媽媽味。

母親節要到了，為了給辛苦的媽媽們一些溫暖，安心站準備了禮物給媽媽們。利用水災初期未發放完的「平安包」做為禮袋，裡頭裝了——日光小林出產的護唇膏、甲仙愛鄉協會自己種的秈稻、伊甸基金會做的手工皂等等，然後再附上一束由瑞復益智中心製作的金莎巧克力花，真可說是一份充滿慈善概念與在地關懷的禮物。

慰訪組的義工菩薩已接連工作了好幾天，分頭跑杉林大愛村、集來、五里埔等地，把這些心意送到每個家裡。而若有媽媽親自來安心站的，我們就親手奉上，當面送予祝福。

雖然只是小小禮袋，但感覺得出來，媽媽們都很開心。還有人拿到禮物後，又特地來安心站道謝。

翁媽媽就是其中之一。傍晚，翁媽媽到安心站隔壁的美髮店染髮，就趁「染色」空檔跑來安心站找我們聊天。

在小林國小擔任廚師的她，一對兒女也還在學校裡念書。她常跟我們談孩子的事，課業、生活、甚至小孩以後長大該念什麼科系都「操煩」到了。就像世界上千千萬萬個母親，他們對孩子的愛就像蜂蜜一樣，甜滋滋的、黏稠稠的，是濃得化不開的擔心與關心。

翁媽媽告訴我們一個故事，關於她女兒阿雅今天發生的事。

「今天下午，學校的英文老師跑來跟我說：『你的女兒，好感性喔！』」

「我問老師發生什麼事。結果老師說：『阿雅今天唱歌的時候哭了！哭得很傷心。』」

原來，學校也慶祝母親節呢！除了給每個孩子一個蛋糕，要他們帶回家送給媽媽外，也召集全校孩子一起練唱感謝母親的歌。（復校後的小林國小全校加起來也才三十多人而已，很多活動都是一到六年級一起進行的。）

阿雅就是在唱歌的時候哭了。

「一開始我還以為她是為我而哭。放學之後，我問阿雅為什麼哭？結果不是，她是為四年級的小真哭。」

「小真？為什麼？」我和師姊納悶起來了。

受過苦的孩子，所以明白他人的苦。他們嘗過痛，所以願意接下別人的痛。

小真也是我們熟識的孩子，一個極為乖巧的女孩。

山上的孩子大部分是好動的，他們那如野草一般旺盛的體力，常常讓我們自嘆弗如。當然，帶活動也是辛苦的，我們總得用很多方法讓他們安住下來。也因此，你很難不注意到小真。一個在吵、鬧、亂之中，仍能保持恬靜的孩子。

翻開小真的「榮譽簿」，

還能看出她不只是安靜而已。

・很認真地幫忙洗寶特瓶，還做好資源回收，很棒喔！（玲華師姊）

・謝謝你幫我把最重的沙箱搬起來，使我能擦桌子。（捲捲姊姊）

・很認真做作品，好美麗！（常法法師）

・你總是以笑容面對每個人，希望你可以一直開心地微笑。（阿湘姊姊）

・認真參與活動。（潘阿威）

像這樣的孩子，大概來自一個教養良好的幸福家庭吧？

「阿雅哭，是因為她想到小真沒有媽媽了。」

我們都猜錯了。去年小真的媽媽因為某個原因離開了家，也離開這座山村。

八八水災之後，村子裡總共離開了三位媽媽，有三家的孩子再也不會有母親節了。小真是我們知道的第三位。

聽翁媽媽說到這裡，我的鼻子酸酸的。

我想起一個遙遠的故事。

國小六年級時，我加入了學校的合唱團。每天早自修或禮拜六上午的社團課（那時候還沒週休二日呢），我們就到活動中心或音樂教室去練合唱。教我們合唱的邱老師，美麗溫柔又有副好嗓音。國小的我雖然是一個到處捉弄別人的小屁孩，卻滿喜歡跟著邱老師唱歌，喜歡看她用誇張的表情和手勢，要我們再用力一點，想像共鳴點的位置，把聲音拋出去。

有一天，我們忽然得知一個消息，合唱團一個五年級的學妹，爸媽在前晚雙雙往生了！聽說他們一家人是佛光山虔誠的弟子，當天他爸媽去佛光山擔任義工，晚上從高雄返回屏東時，在高屏大橋上發生了嚴重車禍，當場就走了。

這對當時的我們是非常震驚的，印象中校長還在升旗時沉重地告訴我們這件事情。

那時快接近母親節，學校要我們在母親節晚會中演出，因此，合唱團正練習著很多關於母親的曲子。表演前的一個禮拜六上午，大家擠到音樂教室加緊練習。

開始練唱後，我忽然覺得有個地方怪怪的。隨著〈母親，您真偉大〉、〈大海啊故鄉〉這些歌一首首唱去，心中的不安與局促，也愈來愈大。三部的我，偷看那位學妹，她站在一部的人群裡，表情看起來卻很正常。

很難形容那種感覺，覺得對她有虧欠、有罪惡、覺得我們實在不該再唱下去了，太殘忍了！

當唱到〈我想念你，媽媽〉這首歌時，那位學妹開始掉淚，然後她趴到桌上，哭了起來。邱老師手一揮，要我們停止。她走到學妹身邊，拍拍她，陪她度過哀傷。

全團的人都靜默了，我們站在那裡，不知所措。我沒有哭，我不知道其他人有沒有。對那樣年紀的我們而言，死亡太遙遠，不曉得怎麼同情，也不知道怎麼陪著哀傷。

長大之後我成為一個助人工作者，開始從我所陪伴的人身上，從一次次的生死離別中，慢慢重修小時候沒學好的功課。

今天的我，感到幸運，知道我們有這樣的兩個孩子。他們受苦，所以明白他人的苦。他們嘗過痛，所以願意接下別人的痛。

如果災難也能是個禮物，那我相信，小林村的孩子，未來必然是最能同理他人苦痛的菩薩。

謝謝他們，讓我們欣慰又驕傲的——女孩，以及為女孩哭的，女孩。

森林的密語

其實我只是累了。於是走到水杉林裡的木棧道，躺了下來，享受春天的陽光。

一個男孩發現了我，跑過來。

兩個男孩發現了我，跑過來。

三個、四個、五個……。

他們問我在做什麼。

「我在享受春天的陽光啊！」我慵懶慵懶地說。

「噢！」

「要不要一起來？躺下來，你會聽到很多動物的聲音。」

「真的嗎？」

「有隻鳥在那裡唱歌，聽到了嗎？」

我仍然閉著眼睛，用右手指向十一點鐘的方向，那是一隻臺灣畫眉。

他們側耳聽了一會兒，開始在木棧道上前前後後跑了起來，發出咚咚咚咚的聲音。

「噶柱，你看，水裡有烏龜！」

「噢！」

「噶柱，我抓到一隻蜻蜓了，你看！」

我勉強撐開一細縫的眼睛，他手上抓著一隻身材修長的蟲。

「那不是蜻蜓，他是豆娘，是蜻蜓的表哥。」

「豆娘，蜻蜓的表哥。」他重複一次我的話。

「把牠放回去吧，讓牠回到大自然。」

「好。」

這孩子什麼時候變成這樣順服了？我有點吃驚。有些孩子躺了下來，學我一起閉上眼睛，大部分則繼續探索這林子裡的驚奇。

「有鱷魚！」

本來莽撞躁動的男孩們，躺在木棧道上，安靜地感受大自然的一切。

「那不是鱷魚啦，那是一根浮著的樹幹！」年紀大的孩子立刻給予糾正。

除了鱷魚是個意外，他們陸陸續續發現了幾隻攀木蜥蜴、一隻長得很像鳥屎的蜘蛛、在水上滑行的水黽，以及躲在樹葉下大快朵頤的一群毛毛蟲。

本來莽撞躁動的男孩們，此時變成了小達爾文，小心翼翼跑著、看著，走進森林為他們鋪開的道路。

「這裡有一個鳥巢！」其中一個孩子驚呼起來。

「哇！裡面還有一顆蛋！」

孩子們紛紛靠過去，看那顆躺在巢中的蛋。我也好奇地起身湊過去。

有個孩子忍不住伸出手來要去碰。

「欸！不要碰啦！你碰了鳥媽媽就不會回來了！」一個男孩立刻把他的手拍掉。

「對嘛！對嘛！不要碰！」其他人也點頭附議。

雖然那顆晶瑩剔透的鳥蛋實在吸引人，但所有男孩達成共識後，一起把水杉的枝條放開，讓鳥巢回到它本來的位置。

「噢！這些孩子今天真的不一樣了呢！」我心裡微笑著。

陽光流過葉片，綠色風兒陣陣徐徐，大冠鷲在森林的屋頂振翅高鳴。

如果是什麼讓他們溫柔了起來，請讓我知道，那是我們等待多年的祕密。

阿泰

晚上八點，清芳來了安心站，紗門拉開後就在我辦公桌前坐下來，開始有一搭沒一搭地跟我閒聊。說是閒聊，其實我是沒辦法繼續手邊工作的。這種「隨時都要開啟聊天模式」的工作型態，大概也是安心站的特色之一。除了不可免的行政工作，我們都要學習當個稱職的知客僧，習慣這種「不斷被打斷」的工作節奏，款待眼前的每一位菩薩。

清芳聊了很多兒童營的事情，這個魁梧的十九歲大男孩，自首「從晚會尾聲開始哭到玲華師姊講話才停」，不知他是不是一次把十九年的分量都哭完了？過去很man的他，這次兒童營把小隊照顧得有聲有色，也讓我們看到他心中那份柔軟，真讓我們刮目相看。

聊到一半，紗門又開了，是阿泰來了。皮膚黝黑的他，今天穿著一件新衣服來，亮黃色的POLO衫，襯在他身上更是光鮮亮麗。他跟玨華拿了國中營的行前通知，誠懇地說了謝謝，就晃到我身邊來。

「阿泰，今天穿新衣服，很趴喔！」我說。

阿泰不好意思地看看我，笑了笑。

「等一下，你領子沒翻好，白費你穿這麼好看。」

我挨到他身邊，幫他把領子翻好。

阿泰從來沒有穿戴整齊出現在我們眼前過，在大家印象中，他一直是個邋裡邋遢的野孩子。

第一次看到阿泰，是國中生課輔的第一堂課。其他孩子很快陸續就座，他卻在蒲團方墊之間爬來爬去。看到我在照相，就挨過來搶相機，要我給他拍。後來他發現安心站的對講機按下去會發出刺耳的「吱……吱……」聲，就非常開心地從一樓按到四樓，把整個安心站弄得吱吱嘎響。我和其他人輪番上陣，想辦法請他停下來，但效果有限。只要我們稍一閃神，「吱……」又會再度響徹安心站，當所有人怒目看去，他已經在對講機旁笑到捧肚子，為突圍成功樂不可支。

自此之後，阿泰就常常出現在安心站。只要門外傳來「ㄍㄧ……」的剎車聲，不用抬頭也知道阿泰駕到。兩年來，我們大夥都非常「期待」他的光臨，因為光「進門」這件事，他就能「進得」很有創意。首先，他會把紗門打開一點點，把一顆圓滾滾的頭塞進來，然後再轉動眼珠，像雷達一樣把每個人「掃」過一遍。等到掃描結束，我們的災難也就宣告開始。

【狀況一】

阿泰：「師兄……。」

我：「阿泰抱歉喔，我在忙。」

阿泰：「師兄……。」

我：「……。」（沉默）

阿泰：「師兄！」（湊到我耳朵邊大喊）

我：「啊……。」

【狀況二】

阿泰：「師兄，我可以按這個嗎？」（指著對講機）

師兄：「你覺得呢？」

「吱……吱……吱……吱……。」

【狀況三】

阿泰：「師姊！我可以吃這個嗎？」

師姊：「可以，但是你只能拿一個，還有其他人要吃。」

阿泰：「不管，我全部拿走囉！」

師姊：「阿泰，師姊剛剛說什麼？」

阿泰：「我全部拿走囉，哇哈哈哈！」（揚長而去）

揚長而去的阿泰其實很快又會回來，因為他是那麼孤單的一個小孩。常常，他一個人騎著那台腳踏車，從甲仙街頭騎到街尾，再從街尾晃回街頭。甲仙安心站剛好在整個甲仙街區的尾巴，也就是他晃蕩路線的折返點。他總是走進來搗蛋，再心滿意足地離開。一次次來，一次次再回來。

今天的阿泰有點不一樣，他坐定我面前，開口問：「師兄，請問一下，這次從臺北回來，可以讓我在臺中下車嗎？」

「哦，為什麼？」

「我要去我媽媽那邊，我媽媽會去接我。」

「你媽媽住臺中啊？」

「對啊！」

我從來沒聽說關於他爸媽的事，只知道他和奶奶住在甲仙。

「你媽媽在臺中工作嗎？」

「對，師兄你知道有一種用鴕鳥毛做的東西，一根棍子這樣有沒有，這裡有毛，這邊會拿來打小孩的那個嗎？」他一邊講一邊比劃。

「你說的是雞毛撣子吧？」清芳在一旁接口。

「對！就是那個，我媽媽在做那個的。」

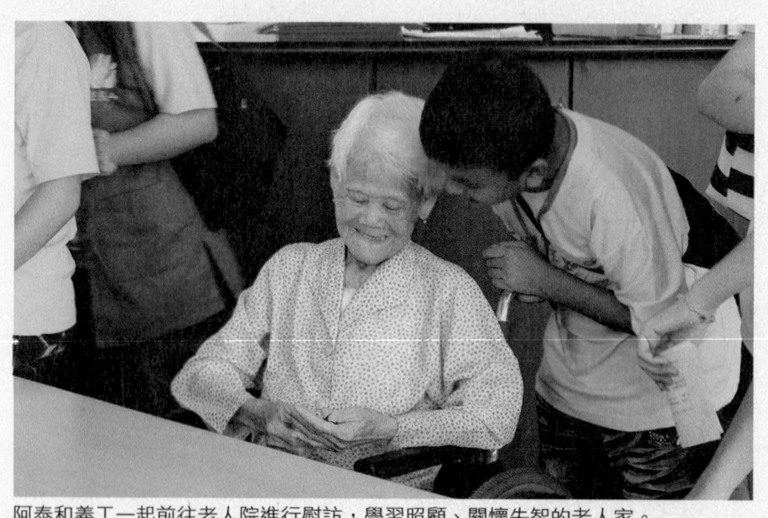

阿泰和義工一起前往老人院進行慰訪，學習照顧、關懷失智的老人家。

阿泰說話也有風格，他國臺語交雜，講話含含糊糊地，像含著口水說話。平常他粗言粗語，今天卻正經到我都想笑。

忽然，我感覺有點不對勁，今天的阿泰不是假正經，他不太一樣！

「阿泰，我覺得你今天好像有點不一樣耶！你剛剛好有禮貌，還會跟師姊說謝謝耶！」

他不置可否地笑了笑。

我又仔細地感覺了他一下，真的，他不一樣了，整個靈魂的質地都不一樣了。

「天啊！你好像一瞬間長大了耶，變成熟了！」

淡淡喜悅從他臉上快速閃過，但馬上又恢復天真的表情。

「師兄你有在花蓮滑過草嗎？我媽媽帶我去滑草耶！」

「什麼時候？」

「就前幾天啊，你們去兒童營的時候，媽媽帶我和哥哥去花蓮，玩了五天四夜。」

「哇，五天四夜，那麼長，那你一定開心死了！」

被我這麼一說，阿泰的話匣子好像打開了，跟我們講了很多事——家裡的事、爸媽的事、還有一些小煩小惱（譬如鄰居的阿婆很碎念，他快被煩死了），他從來沒有這麼安定地在我們面前說過話。

不知道是什麼樣的力量，讓這樣的小孩一夜

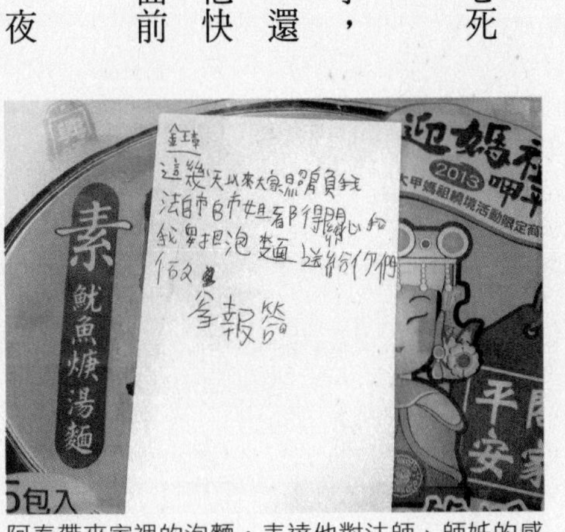

阿泰帶來家裡的泡麵，表達他對法師、師姊的感謝。

長大？我能推論的原因只有一個——因為媽媽。五天四夜的陪伴，讓一個渴望愛卻遲遲無法靠岸的小孩，穩定下來了。

我真的太訝異了，整個晚上我都用一種「天啊！這是怎麼辦到的？」的眼光看著阿泰，那種變化非常細微，但只要是熟悉他的人，我想都能察覺得到。他知道自己變成這樣了嗎？他甚至連語言表達能力都變好了！剛見面的時候，我們還評估他可能需要特教資源的幫忙呢！但現在他竟然可以專心聽別人講話，不搶話，不打斷別人，偶爾你還能感覺到他腦子正在轉動，細細思考我和清芳的話。

母愛的力量這麼強大嗎？讓一個孩子的內在力量長了出來，僅僅在幾天之內！

九點多，阿泰該回家了，我送他出門。他跨上腳踏車，忽然抬頭看向「法鼓山安心服務站」亮亮的招牌，有感而發地說：「師兄，你們這個『扛棒』也很舊了捏，你看旁邊那裡都生鏽了。」

「對啊，我們來甲仙也四年了。不過沒關係啦，年底這招牌也要收起來了啦！」

「啥？你說什麼⁉」

「安心站十二月底就會結束，法鼓山要離開甲仙了，你不知道嗎？」

「真的假的？」

「少來了，沒有人跟你講嗎？」

「沒人跟我講啦！吼！怎麼這樣！」

他跳上腳踏車，不理我了，在安心站前面的馬路慢慢兜圈子，不久又在我面前停下來。

「那你們這邊以後會變成什麼？」

「就，招牌拆下來，把房子還給房東啊。」

「那你跟其他師姊要去哪裡？」

「我們喔，就回去我們各自的家啊！」

原來他是真的第一次知道，我有點措手不及。

「你們為什麼要走？」

「抱歉，我也好捨不得喔，不過法鼓山在災區的計畫，都是四年，不只甲仙這樣，六龜、林邊都是。」

阿泰聽完這句話，頓了一頓，想了想，又對我大叫：「吼！叫莫拉克再來一次好了啦！」

「阿泰！你不能這樣講，我們都希望你們平平安安的。」

「那我要在安心站門口挖一個大洞，從這裡挖到那裡，讓你們走不掉！」

他用手指在安心站前劃了一圈，半認真半玩笑地說。

一個向來吊兒郎當的孩子，分離的情感比我想像得還大。

「阿泰，沒關係，我們沒有真的離

法鼓山甲仙安心站位在甲仙街區的尾巴，阿泰常常一個人騎著腳踏車，從甲仙街頭騎到街尾，走進安心站搗蛋，再心滿意足地離開。

開喔，你有沒有臉書，以後我們可以繼續聯絡啊！」我走到他身邊，把一隻手放在他肩上。

「臉書？是不是只要有那種亮亮的手機就可以有臉書了？」

他說的是智慧型手機，我很懷疑他是否買得起。

「那你有電腦嗎？」

「我也沒有。」

「喔……。」

「師兄，沒要緊，我跟你說，我只要再存『一』千塊就可以了。」

他跨在腳踏車上，使用一種很篤定的口吻，那個「一」還拉得特別長。

「再存一千塊我就能買那種手機了，到時候我再加你臉書！」

阿泰用一種「包在我身上」的自信要我放心，我從沒看過他這麼帥過。

「我走囉，掰掰！」

「掰掰……。」

安心站前的那條路，此時安靜異常，幾隻流浪狗，已經在路邊靜靜睡著了，我轉身往回走。

「師兄……掰掰！」

這小子，竟然給我一記回馬槍。

遠遠看去，他從腳踏車上站起來，一邊揮手一邊向我大喊。

然後他頭也不回地騎進夜色下的那條路，那條不知道被他騎了幾百遍、幾千遍的路。

三、那些現身的菩薩們

人生如織，
你我各有歸程。
別忘了，
我們曾經共有的那一片小林，
蒼翠而又蓊鬱的。

走出鏡頭之外

學期末最後一次活動，由山海營的夥伴來劃下句點。照往例，他們除了帶來活動，還會準備一頓豐盛的晚餐。從臺北開拔的他們，每次都是一台中巴上小林。除了帶來人手，還帶上足夠所有人吃飽的食材，真是不容易的任務！

當我們自己是活動主帶時，常常就得把注意力都放在課程當中，無法分神去觀察周圍發生什麼事情。每次山海營來，就是我們難得可以空出雙手的時候，這時候我就能游走在空間之中，觀察孩子、找機會個別談心、適時給予補位支援。而一些「鏡頭之外」的事，終於得以來到我的眼前。

當山海營主力在帶領活動時，此時有個三人小組悄悄地在翁會長家前的空地開始料理晚餐。主廚 Nono 哥，加上王均大哥、小可姊。在微微飄著小雨的空地上，他們努力地烹煮食物。這一次有好吃的素鹹酥 G，小朋友都超愛的。

說到料理食物，還有誰比真正的媽媽更厲害呢？兩位社區媽媽也一起來

翁會長家前的空地上，社區媽媽前來協助料理晚餐。

「逗幫忙」。一個是翁媽媽，另一位則是小林國小的音樂老師。

忙到一半，亮亮的阿嬤穿黃色輕便雨衣，騎著摩托車出現了，帶來她自己種的豌豆，說要給我們加菜。非常熱情地說：「這我種的喔！沒灑農藥。」看到Nono今天的料理是以油炸為主，又說：「這豌豆炸得也很好吃啊！」翁奶奶走過來，接過那一水桶的豌豆，豪邁地說：「好啦好啦，來來來，我們來除絲！」（以上請用臺語發音。）

亮亮阿嬤和翁奶奶搬來板

凳，水桶擺中間，兩個人坐在古厝前的迴廊下開始要幫豌豆除絲。小時候我阿嬤也常在老家的迴廊前做這種事，但那時我只顧著打棒球，從來沒有好好跟著阿嬤學怎麼處理青菜。所以我也搬了一張板凳，湊到兩位奶奶旁邊一起弄。看了一會，發現他們是先從豌豆的尖端折一小角，豆莢的「側線」（也就是「絲」）就會被豌豆頭帶下來，這時候順勢撕到另一頭，再折另一端的頭，然後又把絲撕回來，一顆顆豌豆就處理完畢了。

亮亮阿嬤帶來自己種的豌豆，和翁奶奶兩人在古厝前的迴廊下，慢慢把豌豆莢去蒂除絲。

一邊剝一邊聊天。翁奶奶說她膝蓋的人工關節最近又不太靈光，要準備再去複診。亮亮阿嬤說她最近也感冒，翁奶奶立刻進去拿了一罐「特效藥」要給亮亮阿嬤，說：「這味超有效喔，現在含下去！」也聊到幾個孩子家裡的狀況，讓我對孩子有更深脈絡的了解。亮亮阿嬤從頭到尾黃色雨衣沒脫，一邊剝一邊聊，不時抬頭給我慈祥又古錐的微笑，靠感覺就知道是一個洗淨鉛華的豁朗長者。亮亮如果多待在這個老人家身邊，或許也能更溫柔一些吧！

過去我們把主力都放在孩子身上，少有機會可以接觸到這些老人家。這是第一次和老人家開始對話，收穫良多，都要感謝一桶意外的豌豆。

晚餐後，山海營夥伴在台上講《你最特別》這本繪本給孩子聽。此時阿一的奶奶也騎著摩托車出現了，也是豪邁說：「我來幫忙洗碗啦！」不顧翁媽媽和我們年輕人的勸阻，撩了袖子搬來板凳，坐下來就準備要跟堆積如山的鍋碗瓢盆奮鬥，湘涵和馨儀也下去幫忙。其實我也想幫忙，但生產線位置已滿，只能在旁邊幫忙把洗好的碗搬去一旁瀝乾。冬天的晚上，氣溫是冰冷的，水更冷，這一老兩少卻不畏冰冷，開心地洗碗，那畫面真是感人！我要幫他們照相。第一張照他們埋頭苦幹的樣子，阿一奶奶發現我在拍照，抬起頭跟我說：「ㄟ！怎麼照沒臉的，再來一張，要擺出『水水的』樣子才能照啊！」於是，

這一老兩少不畏冰冷開心地洗碗，畫面真是感人！

這三位美女抬起頭，讓我留下這張寶貴的照片。

遠處的燈光下，孩子正在接受山海營的頒獎，開心地一一上台接受祝福。台前，是山海營夥伴們的賣力演出；台後，有另外一群人為善後而忙碌。不管鏡頭內外、不分年紀大小，我們都在這樣的夜空底下，一座名為五里埔的山村裡，開心而專注地做好「眼前」這份事。為了什麼呢？是為了小林村的孩子嗎？一開始，我們確實是為了孩子來的。對我來說，眼前的美好早就超越這個目的。

那個目的非常簡單，就是——我們想和自己、想和每一個你，好好相遇。

Devotion

夥伴們：

最近李家同教授發表了一篇對去部落當志工的文章，主要觀點在於——「許多去部落當義工的人，對部落存在一種莫名的想像，也有人抱著不夠純正的動機。」這篇文章發表後，網路上引起了一些討論。恰好，承寬也問了我的看法，趁逢此時機，正在行動的我們，也可再反思整理一下自己。

這個議題有很多切入的面向，我想到的大概有兩個：

一、志工們對異文化的想像期待、服務動機（為學分而來、救世主情節）。

二、志工們的投入，是幫忙還是幫倒忙（服務汙染）、甚至消費了部落、行觀光之實？

關於這兩點，其實對小林團隊，我都不太擔心耶！感謝法師一開始就幫我們定調——捨棄結構、放掉專業、什麼也不做。那其實就在幫我們放掉執著。無眾生相，無壽者相，真誠無別地去跟他們相遇。

所以我們團隊其實一直不太有慷慨激昂的調調，大家一直也能用放鬆心、平常心、尊重心上山，山上的關係也一直跟我們很融洽，愈來愈像一家人。（對了，昨天翁奶奶摘了他們家自己種的山芹菜、龍葵、高麗菜給我帶下山，好吃耶！）

我想可能夥伴會擔心服務汙染的部分，尤其是價值觀的部分，常常是無心地自然流露。其實真要說價值觀的汙染，現在媒體網路這麼發達，就算我們沒上山，關於這個世界，孩子早就很熟啦！「文化輸入」的汙染，早就超過志工所造成的了。

至於我們這種「無所事事」的成效是什麼？跟許多山地服務隊的「快快樂樂一週，拍拍屁股下山」有什麼差別呢？「我們真的有帶給部落孩子什麼嗎？」的種種疑問，我回答如下。

如果是短期營隊，我還真寧願大學生讓孩子快快樂樂就好。因為時間只有一週，能做什麼翻天撤地本質上的影響？想了太多，就會出現「教部落孩子說臺語」那樣的規畫。

現實條件是如何，就做合理的目標規畫。我們不能用社區長期蹲點的高度，去期待短期營隊能做出一樣的效果。如果不自量力，用衝百米的速度跑馬拉松，就是一場災難，反之亦然。

所以，營隊就快樂一下又何妨？知道自己能為之事是什麼，就好好做自己能為之事。反而比明明不能為，還以為自己能為來的好。

小林這件事情究竟有何價值？大家的「願意來」，讓孩子知道自己「被記得、被在意」。大家在孩子面前「站立」，讓孩子看見「原來可以這樣活著」，就是非常寶貴的價值。

至於小林行動的「定位和意義」。我記得現象學的論點說，意義不存在於大腦中，而是在世界之中。也就是說，人如果想把自己自外於這個世界，思考自己存在的意義，是會落空的。

意義存在於「投身」之中，也就是 devote to "＿＿＿＿" 的那個

"————"之中。如果要等一切「想到很清楚」，才決定怎麼行動，那行動的疆界永遠在大腦的疆界之內。

這一連串給大家的文章轟炸，目標當然是希望大家能有所思考。但也不希望思考絆住了大家前進的腳步。我們並非事先想清楚自己要成為一個怎樣的人，然後才開始行動，去成為那樣的人。

事實上，我們是走向人間，跟每個迎面而來的人相遇學習，然後才慢慢地去「成為」。大方向仍然要有，那是我們的 devotion——願意與投身在孩子身上。devotion 之後呢？多年以後，或許我們都能寫下屬於自己的答案。

憲宇

直到車潮散盡

坐燕珠師姊的車上小林的次數，手指頭已經數不出來了。但可以單獨和她一起走一段路，卻是屈指可數。她的車上總有人，很多人，很多來了又去的人。

我記得第一次上山，只有師姊和我兩個人。一路上她的手機響個不停，本來要直奔安心站，又決定順道去看一戶住在「月光橋」那頭的一戶姓「月」的人家。

就是這樣，擔任站長的燕珠師姊，總有趕不完的行程、接不完的電話、開不完的車。

聖嚴法師說，人生的目的，是來報恩跟還願的。所以我常常懷疑，法師和這些安心站的師姊們，一定有報不完的恩、還不完的願，才會落得如此下場！

其他夥伴下車之後，師姊告訴我，她決定要卸下站長的職位了。八八水

臺二十一線，是通往小林村的主要道路，彎彎繞繞的山路，多少義工在其上日夜奔波，只為把那一份關懷送進山裡。

災之後，沒日沒夜地忙了一年多，加上自己家裡也出了一些狀況，這陣子她身心具疲，身體也有了一些警訊。

這是我始料未及的，從開始上小林村以來，燕珠師姊就像我們在山上的第二個媽媽，照顧我們、接送我們，讓我們這群年輕人得到滿滿的溫暖和安心。對待我們如此，對待甲仙地區的菩薩，更是盡心盡力。她若離開，不捨的又豈止是我們！

七人座的車子忽然變得安

靜很多。我們也不聊山上事了，聊人生、聊各自的路途。

車子快到鳳山的時候，竟然遇到大塞車。車陣排了好幾個紅綠燈長，七人座大車只能緩緩前行。我開始練習放鬆，有一搭沒一搭地呼吸。師姊和我靜默了很長很長的一段時間。可是我們都不因為沒有話題、沒有互動、沒有動靜而感到尷尬。就是等、只是等，等車潮散去，等晚風進來。如果這個世界有什麼該教可教孩子之事，那我一定會選這個：

學著等車潮散去，學著等晚風進來。沒有躁動、沒有憑恃之處，亦無對待之所。

我們就只是在這裡，僅僅只是在這裡，無所謂的等待。

車子到了鳳山火車站，我開門跳下車，把我那破舊的背包扛上肩，準備搭車去。關上門前，我對車裡大喊：「師姊，謝謝您，為您祝福！」以真誠而無所謂的心。

上車、下車、相聚，而又別離。不要擔心，任順呼吸我們一次次練習。

直到晚風吹來，直到車潮散盡。

美好的聚會

「部落真正的定義，是自己覺得歸屬的地方。」——米契爾．梅博士

轉眼間，來小林已經一年半了，小林心靈陪伴也正式邁入第四個學期。第一批夥伴大多已邁入人生的下一階段，隨著畢業、工作、實習，慢慢淡出小林村的行動。這段期間，新的生力軍加入，他們前仆後繼，把心靈陪伴的棒子接了下去。為了區別，姑且用「小林二班」來稱呼他們吧！小林二班的成員，清一色是屏東教育大學的學生，也在永齡擔任課輔老師。我和他們的緣分，從課輔延伸到小林，而我和他們的關係，也從工作的從屬關係，變成生活中的最佳夥伴。

對於這些青年，我一直有一些歉意。他們跟著我上山下海，但我卻一直都沒有帶給他們什麼。（事實上，也沒什麼能力給他們些什麼。）這學期，我

因為小林村的行動，這群質地淳善的青年們得以相遇，成為彼此生命中的善知識。

期許可以創造一點點機會，讓彼此更能成為生命中互相增上的善友。「窩齁齁早餐會」就在這樣的概念下成形。

其實無甚大道理，即一群人一起共進早餐而已。每個禮拜三早上七點，夥伴們就窩到我的辦公室，有人烤土司、有人削水果，有人幫忙擦桌子，待熱騰騰的芝麻糊也上桌後，大夥兒便坐下來，心滿意足地享用早餐。

桌邊最吵的永遠是俐妏和琬云，他們倆都念幼教系大三。俐妏天生瘋癲，琬云則後天失調少根筋，兩個人湊在一起就是活寶，常常搞得大家啼笑皆非。大他們一屆的文一和玨華，就顯得很沉靜。不論俐妏和琬云做出多令人傻眼的行徑，他們依然不動如山，呵呵一笑後又雲淡風輕。至於「號稱」話劇社創社社長的維維，平日穿著十分有淑女氣質，但其實非常愛演，常常說著說著就有神來之筆。

看來嘻嘻哈哈的小林二班，其實在生活中各有嚴肅而神聖的任務。玨華與琬云參與了我在屏東發起的一項「愛心宅配計畫」，每週有三天晚上，固定到一個弱勢家庭裡去陪伴孩子。那幾個孩子後來的轉變非常顯著，他們兩位功不可沒。搞笑但其實很有擔當的俐妏，則是系學會和服務性社團的重要幹部，她曾多次來辦公室與我聊起困境，講到無力處潸然淚下，但不久又會擦乾眼淚跟我說：「沒事了！」繼續微笑迎向未來。除此之外，每人或多或少揹著一些生命議題，關於親情、愛情、又或為了家裡的生計苦惱。他們均非來自布爾喬亞階級，卻依然獻出了精神，迎向一個個受苦的孩子。

安藤忠雄將年輕人當作這個社會最寶貴的資產在守護，我想，那份守護不意味著「保護」，而是帶著青年走向世界，從自身與他人的受苦經驗中，找到寄託此生的願意處。

常常我一邊吃著早餐，一邊看著他們每一個人，心裡會湧出一些敬意與感謝。因為小林村的行動，我得以和這些質地淳善的青年們相遇。表面上，是我領著他們，但事實上，他們已成為我回屏東之後，最親近也最依賴的一個團體。我們共享一些非常美好的時光、有著相同的願，愛著同一群孩子，一群遠在我們一百公里外的孩子。

在這個疏離快速的時代裡，慶幸我還擁有一個部落，一個以「願」為歸宿的部落。

蒼翠而又蓊鬱的

夥伴們：

寒假時敏麗老師帶領我們以沙盤為媒介，整理這一年來在小林村的心情。結束後，我一直想找時間把心情寫下來，今天總算有一個空檔，提筆寫下。

那真是我覺得最棒的一次「培訓」了。工作以來，我參加過的、自己辦的培訓不知凡幾。但沒有一場有那天的氛圍。或者說，那天根本不該歸類為「培訓」，而是一場以心對話的盛會。

我們每個人都把自己這一年的所感所受，如實地坦露出來，沒有矯情、沒有距離，感覺大家是同心同願在一艘船上，說出自己的脆弱，同時也投以無限的支持給每一個人。

常法法師還沒說幾句話就掉淚了。他開口前還提到，這裡面哭點最低的應該是璨瑄，「我不能輸給她」。結果法師真的輸了，才沒講幾話就哽咽了。

他的沙箱我還清楚記得，很多可愛的小生命，生機盎然、快快樂樂地在一起。法師說，他的作品名字是「和樂融融」。八八水災的時候，他在林邊幫忙清理淤泥堆積的家園。看到雞、鴨、魚等等眾生屍體，漂浮於積水之上，發出陣陣腐敗的臭味。又說站在甲仙一個菩薩的家，俯瞰楠梓仙溪被土石堆滿的河道。

法師說的這兩個意象，好似無什麼特別故事，我卻深深被震撼。我讀到法師無止盡的悲心與願力。對一個誓願行菩薩道的行者來說，眾生的苦痛，就是他的苦痛。

不為自己求安樂，但願眾生得離苦。他們要救拔的，又豈止是孩子、豈止是人類，那些因水災而受苦的生靈，也時時都在法師的護念之中。

二〇〇四年暑假，我上山參加短期出家前，在臺中分院幫忙帶了三梯的兒童營。那時常常出入臺中分院。有一天，知客處前的曇花開了，白色的花立在花器中，非常醒目。果理法師跑去曇花面前，蹲下來跟它說話。「哈囉！你好莊嚴喔！開得真漂亮！」那樣自然的神情，就像在跟一個小朋友說話。法師絕對不是在表演，他完全不知道我站在遠處看他。

那一幕讓我知道，每個法師的心裡都有一個森羅萬象的可愛世界。每一隻貓犬、每一隻飛蟲、甚至每一株草花，都是一尊又一尊的菩薩。他們豐富可愛了人間，也同時在人間流浪受苦。法師的心裡，就住著這些眾生，一戶又一戶的，沒有門牌號碼。

土石堆滿的河道，下面淹沒了多少來不及逃出的眾生。一隻正在努力駝運食糧的螞蟻爸爸、一隻在蛋裡來不及看到世界的小蜥蜴……看得到的，更多的是看不到的、來不及看到的，都是法師在意的菩薩。

和樂融融，就是人間淨土。一個沒有門牌號碼的社區，一個沒有貧富貴賤的世界。

家家知福幸福、人人和敬平安。

燕珠師姊的沙箱也讓我非常非常感動。二〇一〇年十二月二日那天我寫了一篇日記——〈直到車潮散盡〉，那天你們在高雄下車，只剩我跟燕珠師姊回鳳山。燕珠師姊在車上，第一次告訴我她準備要卸下安心站站長的事情。然後她囑咐我，不能告訴你們，因為她擔心會影響到大家的心情。

在師姊告訴我之前，其實我已經有預感，師姊就快要離開我們了。從二月到十二月，我看到師姊的臉色愈來愈憔悴，每次看到都很心疼。這種日以繼夜在災區工作，真的不是一般人可以勝任的啊！然而，沒想到還是真的來了，師姊真的要離開甲仙了。

那天我跳下車的時候，合掌對燕珠師姊說：「師姊，我為您祝福！」燕珠師姊在駕駛座，跟我說謝謝。我看到她的眼睛裡含著淚。我內心有點激動，趕快用方法來調整心情，背起包包一個人往車站走去。「用情操，不要用情緒。」我想起聖嚴法師的話。這是師父捨報的時候，我回山上看師父最後一面，在影片中聽到師父這一句溫暖而又威嚴的話。（那裡面是對弟子多少的慈悲啊！）

那天師姊分享時說到，她好幾次開車下山，其實都好累好想睡。可是想到車上載著我們這一群青年人，她就要強打起精神。要用手用力捏痛自己大腿，讓自己不要睡著。聽到這裡，我真的是忍不住了，低著頭一直掉淚。師姊真是我們的觀世音菩薩，犧牲每個假日、兩百公里來回跑，就為了護佑我們平安上下山。

輪到我發言的時候，其實我根本沒意料到自己會在大家面前「失態」。我雖是一個感性的人，但也有堅強的理智，尤其又愛面子，怎麼可能會在大家面前哭呢？

在大家面前哭，這種事啊，在我身上從沒發生過。結果我也追平法師的紀錄，沒講幾句話就「失態」了。之所以悲從中來，就是慚愧。

師父離開之後，我就把一幀師父的照片，設成電腦的桌面。他穿著深褐色的長衫、微微駝背，更顯清瘦。師父臉上露出無限慈悲的笑容，靜定看著我。

後面是師父留給弟子們的話：「虛空有盡，我願無窮。」

這八個字後面還有一段話：「今生做不完的事，願在未來的無量生中繼續推動，我個人無法完成的事，勸請大家來共同推動。」

師父的這幾話，每次讀到，我就無限震撼。時時鞭策著我，要發願、再發願、繼續發願。要報師恩、報三寶恩、報父母恩、報眾生恩。但常常更感覺的是：「好難！好難！師父，真的好難喔！」尤其在自己無明生起、貪瞋癡作做夢！）

怪的時候，更是慚愧又慚愧！（自己都救不了自己，還想要救別人！簡直癡人

那天我會哭，是恨自己鐵不成鋼。恨自己還在煩惱中流浪生死，救不了自己，也救不了別人。恨自己信願力不夠、長遠心不夠。我知道自己沒有盡力！

真的很感謝有你們的出現。坦白告訴大家，好幾次我自己都想退轉。好想留在山下休息，不要上小林了！但為什麼我還是去了？因為你們都來了，我是帶頭的人，好意思不去嗎？（愛面子的個性，在這時候發揮了作用！）看著你們風塵僕僕隨我上山，大家都這麼盡心盡力來奉獻。我在心裡讚歎又慚愧。

你們的願心每一個都比我堅固，我是靠著死撐面子撐下來的。是你們，讓我成長，有所學習。幫助我撐過鬼打牆的倦怠期，到現在，每一次上山變成了享受。享受跟你們在車上可以放心快樂地聊天。想聊就聊，不想聊也可以閉眼睡覺。

享受跟你們一起陪伴孩子的感覺。享受一個眼色交換，就知道等等要幹麻那種默契絕佳的感覺。享受在尊敬中爭辯、在衝突中更加珍惜彼此的感覺。

各位夥伴，小林團隊絕對不是一個「好來好去」的「鄉愿」團體。我盼望你們各個峥嶸特出，又能蓊鬱成林，和諧而好看。那是我對您們最深的期許。這一年謝謝大家擔待我這個「不太知道怎麼領導」的領導人。雖然很老套，但真的唯有無盡的謝謝，可以表達我對大家的心意。

「用情操，不要用情緒。」師父的話又響起耳際。

有一天我們每一個，都會轉身，大踏步地往各自的林間而去。人生如織，你我各有歸程。別忘了，我們曾經共有的那一片小林，蒼翠而又蓊鬱的。

未來世我再來人間，來推動。
這就是我的心願。
遺憾沒有，心願永遠是無窮的。
——聖嚴法師

憲宇

無比珍重的紅包

今天下班回來，騎樓有一張給我的卡片。拿起一看，耶？是鄭老師寄來的。

鄭雪玫老師是臺大圖資系的退休教授。大四的時候，我去選修她「兒童讀物」這堂課，從此跟老師結下不解之緣。老師滿頭漂亮的銀白色頭髮，是一個心地柔軟像極孩子的人，笑起來像雪地裡的玫瑰。

她對兒童與文學的喜愛，真的能讓我們這些學生強烈感受到。我愛上她的課，聽她導讀一本又一本的好書，也努力寫報告、努力讀書。我的一篇報告寫李潼的散文集——《天天爆米香》，老師看了覺得很棒。給了我李潼的地址，讓我一圓與偶像通信的夢。

大四時我開始來往大港口部落，老師聽說部落要成立圖書館，把她的私家珍藏書捐了一大批給我。每次我去花蓮，行囊裡滿滿都是老師的書，前前後後大概有兩百本之多。老師一直就是這樣的人，一直給我非常多的支持和鼓勵。

上個禮拜我收到她一張卡片，非常驚喜，立刻回信給她。順便也跟她分享我和一群好夥伴在小林村的點滴。我的信上禮拜三寄出，今天禮拜一，就又收到老師的回信了。裡面這樣寫：

憲宇：

真高興你帶領一群年青人為災區的小朋友服務。不但他們有收穫，你也感到滿滿的喜悅。一如以往，老師每讀你寄來的資料都會感動好一陣。附上小紅包兩個。大的是給小朋友們的，小的是給你的。啊！老師一生充滿幸福快樂，也該和大家分享。

祝

平安快樂

鄭老師

除了卡片，還有兩個散發溫暖光芒的紅包。

拆卡片的時候，媽媽正在旁邊餵小姪子吃東西。我告訴媽媽：「媽，我大學老師竟然寄紅包給我，要給小林的孩子！」媽媽聽了很驚訝，說：「哇！這個老師真的好喔！就是你之前說的那個退休教授嗎？」我回答：「對啊！還給了兩個，一個給我，一個給孩子。」媽媽又說：「大學教授像她這樣的太少了，你應該把自己那一份也捐出來。」我說：「沒錯，我也這麼想！」

把卡片闔上，我深深感謝老師。這份心意的重量，早就超越了那兩個紅包。

小林的孩子們，這個世界有好多好多天使，在看不到的地方，一直為你們守護、打氣，記得，你們永遠並不孤單。

被你看見

被你看見，是多麼幸福的事。

〔衛生紙〕

立夏了，南部豔陽高照，天氣催逼人熱汗直流。那天我們上山，下午三點課程開始，大家雖躲進翁會長家客廳，依然是熱。

從小就非常容易流汗的我，當然更加汗如雨下。架螢幕、擺椅子、處理孩子的衝突，當我再度得暇好好聽阿湘姊姊上課時，已經滿身是汗。

播PPT時音效出了問題，我轉身出客廳，準備檢查音源線。腳才跨出，一隻手擋住我的去路，手上拿著幾張整齊摺好的衛生紙。抬頭一看，是阿華媽媽。寬厚的肩膀、深邃的臉孔，看見我看她，就對我笑。

「擦擦汗吧！」

我不好意思笑了笑，說：「哎呀，我從小就很會流汗，不好意思喔。」

接過那幾張輕輕的紙，說聲謝謝，拭去汗水，繼續幹活。

〔老虎鉗〕

適逢母親節，我們帶孩子做康乃馨。鐵絲為莖、色紙為瓣，做出美麗的花朵。

鐵絲太長，需以剪刀剪斷。一年級的小禎，很想要用自己的力量搞定鐵絲。他拿起一般學校用的美工剪，鐵絲放於刃口，用力壓、用力壓。「啪」一聲，喔……剪刀斷了……。

帶上來的剪刀只有兩把，供不應求。我跟士軒開始用殘廢的剪刀幫孩子剪鐵絲。

但刀柄斷去後力臂更短，非常不好施力。奮戰一陣，我決定去跟翁會長借剪刀。

踏出客廳，咦？剛剛還在客廳外的會長大人怎麼消失了？四處張望一下，

活動時，社區家長們不時一起來幫忙，讓義工們感受到山村的人情暖意。

終於看見翁會長了，但只有下半身。他在他的小黃（taxi）旁邊，上半身在駕駛座裡面。

摸索一陣後，人從車裡出來，然後往我走來，手裡是一支老虎鉗。

「用剪刀不好剪啦！用這個才夠力！」（臺語）

依然吊兒郎當的語氣，要你收你不能不收的那種豪勁。

接過那沉甸甸的老虎鉗，說聲謝謝。我拭去汗水，繼續幹活。

看見，一直是我們來小林的首要目標。看見孩子，看見原原本本的他。看見他本就具足的善性。看見他在努力、他在掙扎、他的難過和榮耀。我們相信，僅僅是「看見的本身」，就具有無限的力量。

於我個人來說，向來也以自己「能看見」有小小的驕傲。喜歡一次次站到孩子身邊，看見他們。我沒什麼貢獻，反而總是孩子以赤誠的心，一次次撼動了我。

從沒想過的是，有一天我亦能被看見。

阿華媽媽什麼時候發現我滿身大汗的？我不知道。

會長大人怎麼知道我們正需要老虎鉗？我不知道。

他們看見了我們，像觀世音菩薩那樣的，站在我們身後，默默看見了我們。師父說對了。這些受苦受難的，是我們的大菩薩。謝謝這些大菩薩。

您們讓我再次知道，被看見，是多麼多麼幸福的事。那是回家的感覺，被媽媽看顧著的感覺。

意外來的善緣

這個學期，小林村的陪伴行動多了「三」個團隊加入。不要懷疑，真的是「三」個。分別是東吳社工系、交大基層文化服務團、永齡希望小學中興分校。這三個團隊加入的因緣，都獨特而神奇。且讓我花一些篇幅分別介紹。

〔東吳社工〕

小林團隊的大樹姊姊（璨瑄），高三時就隨我們一起上山。後來她推甄上東吳社工系，和旻翰成為我們第一批「旅外」志工。璨瑄去年（二〇一〇）開始她的大學新鮮人生活，有笑有淚，有磨難亦有成長。但我幾乎不怎麼擔心她。因為這棵大樹是從風雨中挺過來的，「復原力」在她身上就是一種見證。

一月時，璨瑄告訴我們，他們系上有一堂「社會服務」課，要學生們透過閱讀、反思、討論後，真正去執行一個服務計畫。她們那一組就決定把服務地點放在小林。在做此決定前，給了我們一封信，其中一段可以看出這個年輕人的想法：

原本想著要突破，要創新，要做不一樣的事。而出乎意料的是，當我們把這些放下，就只是一直在進行團隊中的反思跟建立共識的時候，別組都已經陷入「一定要趕快做點什麼很偉大的事情」的迴圈中，然後一個個疲乏了。再加上社工營跟各類的營隊，都已經局限於成果模式，滿足於美麗的道具跟精闢的演技，複雜的關卡。我們於是決定，只是想做點事，在過程中學習，並且練習「看見」那些值得珍惜的一切。然後，創造故事，帶回來，分享給這一群以後真正要當社工的友人們。我們的結論，可以用憲宇在小林計畫裡精簡的一句話解釋「退去專業，回到最初，我們追求的是每一個微弱的觸動」。

璨瑄的信已從孩子身上學習到「另一種眼睛」，但願那是她社工路上的一

在不同時期從不同地區前來的義工，彷彿意外來的善緣，格外讓人感激而珍惜。

項資糧，並帶著她的夥伴一起來「看見」。

〔交大基層文化服務團〕

農曆年前的一天早上，我一邊吃早餐一邊讀報。

讀到有一群交大學生認輔了甲仙國小（含小林寄讀的孩子），過去一年半利用遠距教學方式幫孩子做課業輔導。去年寒假和今年寒假都為孩子辦了一個營隊。

讀完報導心裡納悶又驚喜：「交大已經有學生來甲仙一年半了，我們怎麼都不知道？」去阿塱壹的前晚，我迫不及待問燕珠師姊是否知道此事，師姊也沒聽說。

神奇的交大人啊！竟然隱身隱得這麼

好！

我那時便請師姊幫我詢問看看，這些交大人更詳細的資訊。或許未來能邀請他們一起投入孩子的陪伴工作。

後來因為要做小林上半年度的結案報告，我在網路上搜尋關於小林的資料。看到一個人，直覺「她應該是有來小林村」的交大學生，試探性地發了一個信給她。不久之後收到回信：

你好，

看了你的文章覺得很感動，我們是一群交大服務性社團的同學。二〇一〇年的寒假，我們有到甲仙國小去舉辦一個為期五天的營隊，想讓小林國小的小朋友感受來自新竹的大哥哥大姊姊們準備的活動和陪伴，我們其實也在規畫，要趁他們下學期畢業之前回去帶一個週末的營隊耶！

看你的網誌，不曉得小夏現在還好嗎？她剛好是我們小隊的小朋友，是個很可愛的小孩，真想回去看看她！

想問問你們每個月兩次的活動是什麼呢？外人可以參加嗎？謝謝！

魚雁往返幾次，交大同學真的就上山來了。孩子再度看到他們，好開心好開心。阿銓那天一到，站著不動，像在考驗自己記憶力一樣，把這些大哥哥大姊姊逐一點名：「悟空猴……小綿羊……麥克雞……監獄兔……糖珍豬！」

從這一點我們更可以看出，其實孩子都記得每一個上來過的人。這種惦記讓我們對陪伴行動抱持更加謹慎的態度。來來去去空投式甚至應付了事的服務，都不是偏鄉孩子需要的。孩子的生命需要被記得，就像他們也如此記得我們一樣。

那天結束要下山時，小夏一直站在監獄兔姊姊的身邊，看起來捨不得他們走的樣子。我問她：「小夏，今天有沒有很驚喜啊？」小夏開心地笑：「對啊！沒想到他們還會再來！」然後對站在旁邊的監獄兔姊姊一直笑。

謝謝交大的夥伴，不辭千里從新竹來。你們的回來，對孩子來說別具意義。那是回憶的湧現，是承諾的兌現。真的要替孩子謝謝你們。

〔永齡希望小學中興分校〕

二月時，我應好朋友藝華（她是永齡中興分校的督導）的邀請，去幫他們的大學生上課。我以「遇見你，真好」為題，分享八年來陪伴偏鄉弱勢孩子的故事與心情。那是一場美好的演講，從互動之中，我感覺到他們眼睛發亮。當我說了好朋友勤文在石山林道發生山難的事，勉勵他們把握生命時，有一個女孩也在台下跟著掉淚。

演講結束後，我到他們辦公室閒聊。幾個課輔老師也擠到辦公室，繼續跟我聊天。說著說著，其中一個女孩問：「憲宇督導，我們可以跟你一起去小林嗎？」她才說完，沒想到旁邊的人立刻覆議，說也要跟。欣喜之餘，我也在估量他們的執行力。剛聽完演講，熱情當然容易被點燃。但小林村的陪伴是一個長期而遠距的行動，絕不是一時的激情可以成事。我留下自己的聯絡方式，請他們把人「自己喬好」再來跟我說。

回屏東後沒多久，我真的接到了信，是那天那個女孩，她叫彩瀞。真的找來五、六個人，發願一個月上山一次。這五、六個人，還包括永齡中興分校的三位社工夥伴——逸青、君婷、筑君。天啊！為此我對藝華非常不好意思，把她的愛將都調來南部奉獻！還好藝華器度寬宏，樂見其成。這種交付讓我更覺謹慎，希望能好好帶領這些年輕人，從小林行動中真有所得，回去在自己的崗位上更有能量。

中興的夥伴這學期已經上山兩次。他們很快就能適應當地閒散的脈絡，放鬆而真誠地與孩子在一起。而且我懷疑中興夥伴是天生嗨咖，從小林村下山的路上，整個車子滿滿歡笑，我坐在

雖然小林村的陪伴是一個長期而遠距的行動，卻澆不熄夥伴們心中的熱情。

副駕駛座笑到肚子快抽筋，連法師也一樣笑到流眼淚。太佩服中興夥伴了，尤其那個柯同學的電音〈大悲咒〉，真的太經典了！

德不孤，必有鄰。意外來的善緣，最讓人感激而珍惜。我們真的不孤單，孩子也不孤單。這一切的力量匯聚，都該感謝那些在八八水災往生的大菩薩們，他們以生命召喚了我們，而我們只是過來聆聽教誨的人。

加油了所有的夥伴們，不管你從臺灣的哪個角落來，請記得這份慎重的召喚與交付。

三代同堂的晚上

事情的抵達，往往從小小的發願開始。

八八水災過了兩年，當年小林國小高年級的孩子也陸續進到國中就讀。大部分孩子留在甲仙國中就讀，（即使如此，仍要靠公車接駁，山路要開二十分鐘。）有少部分特別關心教育的家長，則會把孩子送進高雄市去讀書。

通常是較會（也較願意）讀書的孩子，會走向進城的路。從某方面說，他們是幸運的，在這小小山村裡成為少數被悉心栽培的人。從另一方面來說，這些孩子在十二歲就離開了他的鄉土、他的童年玩伴，以及至親的家人。若孩子尚未準備好迎向這個世界，離家成為一種斷裂的生命經驗，斲斷根芽。甚有者於都市叢林中横衝直撞、失路徬徨。

上學期，得知小夏準備進城讀書，我心裡就冒出一個念頭——要幫她找到在都市裡的「引路人」。在生活上、心靈上、課業上，都能就近給予接應、指點方向。而且我這個人很龜毛，要找，就要找素質最優質的人。

四月我去高雄女中演講，就在當時宣傳了我的「陽謀」，希望雄女學生能一起來守護提攜，讓小林村出現下一個雄女學生。（第一位考上雄女的小林孩子，在考上大學的二〇〇九年八月八日晚上，永遠長眠在地底了。）

陽謀是要幫助小林村的孩子，「陰謀」則是要造就雄女的孩子。這些聰明勤奮站在浪頭上的青年，未來都將是引領時代的重要人物。讓他們對人間有多一分的理解和願心，我們的世界將會多一分希望。

雄女演講完後，有好幾個學生跟我聯絡，本來都已組好團蓄勢待發上小林村，無奈卻碰上颱風，因緣也跟著消散。

當時在來回聯繫時，一個雄女孩子告訴我一個故事。她說他們班有一個從臺東跨區來念雄女的學生，念完第一個學期就念不下去了，據說得了憂鬱症。最後她的父母只好讓她辦了休學，休養身心。唉！又是一個不服水土的孩子。不是她抗壓性不夠，臺東到高雄，那是多麼遙遠而艱難的距離！這個故事再次印證我的觀察。找人的任務，真是刻不容緩！

可是九月開學了，孩子的貴人還沒出現。十月初我去高雄幫法青上課，再次說了我對小林孩子的陽謀。終於，孩子的貴人現身了，是一個叫作玗婷的大學生，現在念高雄醫學大學，她願意無報酬地陪伴小夏，而且是一週二次！

其實上課時，我就「感覺」她應該會出現。

她是一個內斂到不太會說話的人，穿著素樸，態度嚴謹而恭敬，恭敬到根本不像時下的大學生。這樣一個拘謹內向的人，卻在自我介紹時用一種舒坦的語氣說：「到偏遠地區去教孩子讀書，是我從小到大的願望，現在終於可以實現了！」我聽見了，那語氣閃過一道殊異的光。

短暫通過幾次信，玗婷很快就開始工作。每週兩天晚上，他騎著我給她的腳踏車，從高醫出發去教孩子念書，地點就選在學校附近的麥當勞。

上週四晚上有課，我恰好沒事，就騎車到高雄去湊熱鬧。

小夏剛考完第一次月考，努力一個多月的成果正好出爐。她不好意思地告訴我：「我數學考不好，嗚嗚嗚，但是其他科都考得不錯喔！」她把考卷一張張從書包裡掏出來擺在桌上，大部分都考得不錯，數學不及格，國文考了最高九十五分。這孩子從小就喜歡閱讀，語文能力我一點也不擔心。數學就交給玗婷姊姊來吧！我們的計畫才剛開始，以孩子的努力和玗婷的願心，我對未來很有希望。

買了幾包薯條和蛋捲冰淇淋，我們三人坐在麥當勞裡享受月考後輕鬆的晚上。我問孩子座號為什麼是三號，孩子說：「我本來應該要是四號的！」原來導師按照身高排，她是班上倒數第二矮的女生。前面還有兩個比她矮的是男生。而那個本來最矮的女生開學第一天竟然沒來！所以她就變成三號了！（孩子說話的語氣頗為憤慨，哈哈哈！）我說：「那你應該跟玗婷姊姊求救，她是藥學系的，說不定可以為你調製長高的藥方。」玗婷聽了後說：「我們今天剛好學到蔘藥，或許真的有效喔！」

孩子對醫院的生活很嚮往，她說爸爸希望她當醫生。我問為什麼。她說爸爸就覺得當醫生很好，爸爸那邊的親戚都很會念書，爸爸希望她也能跟他們一樣，而當醫生感覺就是一種會讀書的象徵。我和玗婷都曾做過醫生夢，但也太清楚醫院裡存在著許多不為人知的祕辛——權力鬥爭、資源搶奪、文人相輕……。孩子很驚訝，她說之前都不知道這些事情，她露出有點失望的神色說：「那感覺當醫生也不怎麼好……。」

我看著她說，若為一時光環，那就沒什麼意思。若是為眾生發願，仍是值得前行。這個世界上本來沒有純善的地方，同理，亦無盡惡之處。再好的團體都有害群之馬，再汙穢的地方也有自清之士。期待現成的淨土，終會期望落空。我們能做的即是莊嚴自身，自己就來創造一方淨土。

這是個超齡成熟的孩子，雖然才國一，感覺都能理解我說的話，露出略有所悟的神情。尋找引路人的目的就是如此，課業指導只是引子，玗婷真正的大用處，就是不斷給她正面且純善的影響，以智慧耕耘人生。孩子考不考得上雄女，並不是我所在意的目標。

晚上九點半，我們步出麥當勞，高雄市的街頭依然人來人往。玗婷要騎腳踏車載孩子回學校。臨走前我告訴小夏：「玗婷姊姊是一個很棒的人，你一定要好好跟她學習喔！」小夏睜著眼睛對我微笑點頭，我跨上機車，與他們揮手道別。

這是一個神奇的晚上，一個「三代同堂」的晚上。三個各相差八歲的人（我二十九歲，玗婷二十一歲，小夏十三歲），因著什麼特殊的緣分得以坐在一起，有著平凡如家人般的交會。

事情的抵達，往往從小小的發願開始。回望從來之處，總能驚異地發覺與感謝，一切美好的善聚。

謝謝玗婷的出現，她真是孩子的菩薩。

無門之門

親愛的夥伴：

昨天臨時的任務，很謝謝大家在最短的時間內，慨然允諾，上山去。尤其是馨儀，禮拜六是校慶，隔天就殺下來高雄，這種長途奔波的精神和辛苦，真是讓我們感謝又敬佩。

要跟大家道歉，本來預計的活動，最後卻沒派上用場。辛苦馨儀準備了吃餅乾的遊戲。也辛苦琬云準備了聖誕禮物的故事。更辛苦的是燕珠師姊，大老遠開車送我們上山，又載小夏回學校，再一個人回紫雲寺。

但昨天我看到你們每一個人，都跟孩子玩得很開心。打羽毛球的時候開心，攻占城堡的時候開心。一起坐在迴廊吃晚餐的時候，也開心。在這裡，我們真的已經和孩子生活在一起。

我們來這裡，意義何在？

每次與孩子的互動，都可以感受到人與人之間最單純的相遇。

昨天我聽到，阿銓用誠懇的口氣感謝小禎，謝謝他幫忙撿羽毛球。而且他真的是瞪大眼睛，用真心的眼睛看著小禎。我的眼淚都快掉出來了！

當我們帶領孩子，大聲對著翁會長的家，說「謝謝翁媽媽」！的時候，我也有點激動。老實說，這不是我本來的行事作風（笑），我是一個非常害羞內斂的人啊！（有人不信嗎？哈哈哈。）

在一種特別的氛圍中，身體帶領我做出這件事。

後來吃晚餐時，我去廚房洗手，問翁媽媽有沒有聽到我們在叫她。翁媽媽笑得很開心，直說有啊有啊！

我們不是救世主，不是萬能的神，可以做多偉大的事。我們只是小小的一個人，單純的一個人。我們來，就只是讓我們的心，跟他們的心，彼此的心，結在一起，這樣而已。

所以很抱歉，我們的活動常常不倫不類，毫無規畫章法可言。我們常常因為天氣、現場狀況，就把大家好不容易準備的課程換掉，真的很不好意思！

但我相信，你們早就超越了「活動是否順利達成」這個目標。在每一次互動，每一次孩子黏到你身上，跟你一起喝著好涼好甜的冬瓜茶的時候，我知道你們體會到了。體會到在超越活動成敗之外，有一種，人與人的、單純的、直接的，相遇。

你們的眼睛無有遮蔽，你們真正地看見了。看見孩子，看見了自己。原來可以這麼誠坦而放鬆地，和自己在一起，和孩子在一起。

無法之法，無門之門。

這是禪修接近開悟時最後的一道關卡。我不知道為什麼自己現在想到這八個字。我個人離悟的境界很遠，修行很差。但回首這兩年光景，這曾是一團迷霧、一片混沌的行動。卻因為常法法師給的前導語——「什麼也不做」，竟生起源源不絕的力量。

什麼也不做。那不是無，而是一種彈性，一種眼光，一種有著最大可能的空性。

我們仍在迷霧之中嗎？眼前的路依舊晦暗不清，你我都說不得準。

無門之門仍然藏在深黑的夜裡，在群山之上，在密林之間。在每次羽毛球劃過天空的瞬間。

謝謝你們！

憲宇

欣逢楊蓓老師

二〇一三，小林的行動進入第三年，我個人的職涯也有了變化。因緣際會，我轉到臺東服務。我愛極了東部的純淨風光，此次隻身東行，更刻意把租屋處找在自己最感安心之處——法鼓山臺東分院信行寺之旁。比鄰寺院，常常下班後就來寺院報到，跟著法師們出坡、齋清，過著忙碌而又踏實的生活。

過完年後，信行寺的禪七在今天開始了。下班後，我帶兩位同事來信行寺禮佛，才進知客處，發現常悟法師坐在閱覽區，正和一位菩薩談事情。那時我忙著帶同事認識環境，沒特別留意。送同事離開後，我也回家略作休息，忽然覺得——剛剛那位菩薩的側影怎麼如此眼熟？削短髮、一身黑色唐裝，啊！那可不是楊蓓老師的標準裝扮嗎？

上個禮拜回高雄開安心站月會，常法法師才和我談到楊蓓老師。法鼓山這些年的災區工作，從九二一，一直到四川汶川地震、八八水災等，楊蓓老

信行寺的巧遇，和楊蓓老師有了一場簡短卻深刻的對話。

師無役不與。是我們在災區心靈重建工作上，常常去請教（麻煩）的善知識。八八專案走到最後一年，仍有許多部分想請楊老師給我們指導。然而會議後，我回臺東，法師上山閉關去，這些要請楊老師幫忙的事，也就擱下來了。

想到楊老師可能真的來到臺東，我急忙換上義工服，騎腳踏車趕回信行寺。一進知客處，卻發現楊老師已經不在了！問了常越法師，剛剛那位可是楊蓓老師嗎？

「對啊！楊老師要來打七，昨天就到信行寺了！你要找老師嗎？她現在可能已經回寮房休息了。」法師說。

唉呀！慢了一步，我和楊老師該不會錯身而過了吧？

不死心的我，走出知客處，往寮房區去。走到接近菜園時，忽然發現楊老師正從菜園迎面而來，轉了個彎，從交誼廳後的廊道正準備走回寮房呢！帶著誠惶誠恐的心情，我從後面快步趕上，喊了一聲：「是楊蓓老師嗎？」紅磚迴廊上的楊老師，停下腳步，緩緩轉頭過來，看著我微笑。

在無數次和常法法師的對話中，我認識了這樣的一位老師（楊蓓老師也是常法法師出家前的指導教授）。法師說，在四川時，楊老師就有一種能力，可以跨越文化藩籬，很快同理到每個受災民眾的心。楊蓓老師在美國攻讀教育心理與輔導學位時，也一邊和聖嚴師父學習，把佛法的智慧與禪修方法，和助人專業結合。回國後，楊老師返回學校任教，也成為法鼓山的義工。只是這義工工作，卻是僧團法師的「心理學老師」，教法師人際溝通，也使法鼓山早期的「霜冷禪風」，變成今日的和煦風貌。

「你是？」楊老師問我。

「老師，我叫黃憲宇，我是跟著常法法師到小林村的義工。」

「噢！你們那裡現在怎麼樣？」

千頭萬緒，一時之間不知從哪開始說起。我拉拉雜雜把小林孩子現在的狀況、最後一年我們準備要做的事情，加上這幾年我個人的景況做了簡單交代。我也告訴老師，在大二時就曾聽過她的演講。

那一場，老師講「親密與孤獨」，當時的我剛從一段關係中結束，年少稚嫩，對感情和自己都感覺迷惘。二十歲的整整一年，我獨來獨往，溺於自責，也迫切於解答。在不認識「楊蓓」是誰的狀況下，看到演講主題，就一個人騎著腳踏車跑去聽了。

那是臺北金華街裡的一個小小的場地吧？確切是哪裡我早已忘了。當天來聽的人也不多，印象中二十多人而已。那場演講後，「孤獨」正式成為我生命中的課題。我看見了孤獨、把自己逼去孤獨、也開始學習怎麼孤獨。

位在臺東的法鼓山信行寺，是我在東部的另一個家。

或許這場遙遠的緣分，從十年前的那場演講就開始了吧！只是這孤獨的學分，恐怕還不是修得很好！

為了留聯絡資料給我，老師和我打算去知客處借筆。通往知客處的草地，是一條鑲埋著板石的步道。石頭藏在柔軟的草地裡，一下平緩、一下隆起。我邁開腳步、收攝身心，和楊老師緩緩走去，又慢慢踱了回來。

「療癒，是一段必走的心理歷程。不管發生在現在，或是很久的未來。不管用的是具象，還是抽象的方法，那條心理歷程，是每個受苦的人都得走的。有些傷是要背好多年的，那傷會成為身體的一部分，在生命的流裡，傷口會隨著人生機遇，發生碰撞、轉化、消融。當然，也有可能，這些傷永遠被埋藏起來，沒有機會被處理。」

步道盡頭的迴廊上，楊蓓老師對我說了這些話。十年前，她在臺北為我講孤獨，十年後，我們在臺東談了療癒。

「老師，有機會的話，其實我也跟法師提過，想跟您讀書。只是，唉，不知道有沒有這個可能。」

大學畢業多年，我避開繼續深造的路，自己不愛念書是其一。另一方面也是，在看清楚臺灣的學術生態後，對學術早已沒了興趣。我需要的是一個能在生命中給我「更多洞見」的引領者。

「要跟我念書，也要快囉，我已經六十歲了！」

楊老師站在長廊上，迎風微笑，跟我說。

是啊，飛鴻雪泥，下一次的欣逢，又該是什麼樣的地方，什麼樣的光景。

菩薩給的雨

五月的母親節，甲仙安心站帶小林孩子和媽媽們一起到日月潭，進行兩天一夜的小旅行，想給他們親子一次最美好的母親節。事前我們看了天氣預報，知道有鋒面要來，降雨機率很高。即使如此，法師、師姊和我，還是一直很樂觀——觀世音菩薩一定會給我們好天氣的！

一早南臺灣還是晴空萬里，車子進南投後，天氣卻開始轉陰。第一站頭社水庫，才走進步道後沒多久，豆點大的雨真的就落下來了。我們急忙讓孩子穿上輕便雨衣，躲到公廁旁的廊簷下。

這場雨真來得又急又快，本來平靜如畫的湖面，在狂風驟雨中變成一個灰色的世界，還不時夾雜著幾聲悶雷。那時已過午餐時間，負責外護的師兄，冒著雨把午餐從外面搬來。廊簷空間不大，外頭又風大雨大，我們只能急中應變，把飯糰三明治一個個傳下去，請家長和孩子們站著吃午餐。

這場風雨來得又大又急，義工們只能急中應變，將飯糰、三明治一個個傳下去，大家一起站在廊簷下，體驗一次克難的午餐。

那時其實我是沒什麼心情吃東西的，到處找些無關緊要的事情忙，心裡默念〈大悲咒〉。這場雨真是太大了，即使有輕便雨衣，仍然擋不住掃進掃出的風雨。我的長褲和鞋子全濕了，一邊走路一邊滴水。站在角落的法師，長衫也濕了一大半，他不時和孩子說說話，不時看看外面的天空。我猜，法師大概也正在和菩薩「溝通」吧！

用完午餐，雨勢仍然沒有減弱的跡象。孩子等得不耐煩了，玩起黑白ㄘㄟ之類的遊戲，大人們臉色就凝重了，緊閉嘴唇盯著外頭的雨勢。對小林村村民來說，雨，從來不只是雨，更是一道難以抹去的記憶。

在低氣壓的最底部，突然間，我聽到了

持咒的聲音！非常細微，在滂沱大雨中幾乎聽不見，緩緩的、一句一句頌了出來。一開始我以為是自己默念〈大悲咒〉後反映出的一種錯覺，後來發現不是，是真的有人在誦〈大悲咒〉！轉頭找了找，發現原來是順和師兄和美連師姊，他們夫妻倆並肩站著，一個閉上眼睛，一個看著外面的雨，兩個人用一樣的頻率和速度，非常專心地誦著〈大悲咒〉。

一個叫作阿祥的小男生，是我們小林村最調皮好動的男生之一，好像從沒看過這種畫面似的，站到

師兄姊並肩站著，用一樣的頻率和速度，非常專心地誦著〈大悲咒〉。阿祥好像從沒看過這種畫面似的，站在旁邊，睜大眼睛盯著看。

師兄姊的旁邊，睜大眼睛盯著看。他看了非常非常久、也非常專心，而師兄姊也沒理會他，雙眼垂簾繼續祈求觀世音菩薩護佑。

他們默念一陣後，雨勢竟然真的開始轉小，變成了毛毛細雨。我們立刻催促孩子上路，走過木棧道，回到環潭公路，繼續被耽擱的行程。

故事還沒有結束。當天晚上，我們在民宿舉辦一場小型的感恩分享會。我們發給每個孩子一顆金莎巧克力，請孩子想一個「他最想感謝的人」，如果那個人在場，就把巧克力送給他，親自跟他說謝謝。

大部分的孩子我們都不擔心，就怕幾個平常調皮作怪的孩子，還是沒辦法進入這種氛圍，干擾其他人的分享。阿祥和他哥哥小強就是我們最擔心的兩位，過去在活動中，他們一直讓我們頗傷腦筋。常常沒來由地發脾氣、動粗口、甚至兄弟倆打成一團。

那天，哥哥小強還是不在掌控之中，滿場亂跑，最後法師只好坐到他旁邊「個別關懷」。阿祥表現的卻很「反常」，在表達感謝的時間，他立刻抓起他的金莎巧克力，跑到順和師兄和美連師姊前面，用真誠而又有點靦腆的語氣，說：「謝謝師兄師姊，今天中午幫我們祈禱，讓雨可以停。」

是觀世音菩薩讓雨變小的嗎？我們不知道，可能是，也可能不是。但因為這場大雨，卻讓一個本來調皮難靜的孩子，看見了別人，看懂了別人，並且學會表達感謝。

原來原來，這場打亂行程的雨，才是觀世音菩薩最好的安排。

四、返身照見

從東岸到西岸，
再從平地進入山裡。
我從一個家，
晃到另一個家，
在每一處都感覺到
這個大家庭的親切與溫暖。
生命流轉，
究竟何處是家呢？

擁抱

小林一年，幾個小男孩們教會我最珍貴的事情，就是擁抱。

很多朋友都有一種錯覺，以為我是一個跟孩子很容易打成一片的人。在小林團隊裡，我大概是最稱不上這個頭銜的人。在現場對待孩子時，其實感情被我藏在很後面很後面。

這大概跟自己過度內斂（緊張）的性格有關。來自一個感情內斂的家庭，家人表達關心的方式，就是生活上非常實際地照顧。很少用語言或肢體去表達給彼此的關心。這樣的成長背景和性格，使我在面對孩子時，也不太習慣表達自己的情感。

另一方面也是被多年來工作的習慣所囿。在永齡的工作守則中，我們明確讓課輔老師知道——「避免和孩子有身體的接觸」，尤其是年紀更大的小孩。肢體碰觸是一種界線的消融。在永齡的課輔結構中，師與生的角色定位還是清楚的。所以我們一直帶著這樣的準則，在教學現場工作。

也於是，在小林服務的初期，對於大孩子仍是避免肢體接觸。但當小小孩（二年級以下）要來「索抱」時，我也會有些不自在。擁抱於我來說是非常陌生的一種「溝通」方式。

對於小林村的小小孩們，擁抱是安全與愛，也是超越語言的療癒力。

最先打破這條疆界的，就是阿銓。肥滋滋的他，超喜歡人抱。每次都要跳到我身上來，把我弄得手和脖子都好像要斷了。聽課聽故事，就要坐在我懷裡，說那是他的「總統座椅」。我也從善如流不收費用，免費當他的沙發床。

好景不常，阿銓痛快地

霸占幾次後，總統座椅的殊勝就被小傑也發現了。這學期聽阿湘姊姊上美勞課，兩個人都想跳上寶座。噶柱只有一個，小肥卻有兩隻，怎生是好？他們兩個簡直就要槓起來，吵著是誰先發現的。還好我調度有方，哄一個人先去別處玩，讓他們輪流上座，才化解了這場王位保衛戰。

玩過最刺激的就是「爬樹」遊戲。我得靜止不動，讓他們從地上開始沿著我的身體往上爬。他們的手腳就得通力合作，在我身上找尋任何可以著力的地方，奮力往上爬。本來一次只有一個人上樹，他們不知哪裡來的靈光，說要比賽看誰先爬到「樹頂」。先摸到我頭髮的人就獲勝。不得了，兩隻小豬兵分兩路，一左一右用力往上挺進，那滋味真不是蓋的。已經不是爬樹了這個，這叫頭城搶孤。

小禎是第三個喜歡擁抱的男孩。自從陪他做了那張卡片之後，他打羽球也想黏我、吃東西也想黏我。上回打羽球，因為我老早就答應阿銓要陪他打上一局，沒辦法和小禎打。結果他語帶心酸地說：「噶柱，你都不陪我！」天啊，要是我能出芽生殖就好了！

這次山海營活動的晚會，小林幾個孩子上台演奏陶笛。我坐在小禎旁邊，一邊吃熱騰騰的麵羹，一邊聽孩子們的演出。

小禎：「啊！那是我們小林國小的某某老師！」

（他說的是指導孩子們吹陶笛的那位老師。）

我：「噢，你上過她的課嗎？」

小禎：「上過啊，上學期她教我們音樂。」

我：「那你喜歡她嗎？」

小禎：「喜歡啊！要是你是我們學校的老師就好了。」

真讓人丈二金剛摸不著頭腦，怎麼忽然冒出這句話？一年級的他，說話時很多語意還無法連貫，想講什麼就脫口而出。不過這種童言的回饋，卻也是最誠真的，讓人內心很難不感動。

晚會結束後，我們準備收拾東西下山。小禎跑到我面前，拉著我的腳扭動身體，咿咿呀呀不知道在說些什麼。經過這一年男孩們的「訓練」，我已經可以了解他的意思。抱起他，我說：「我還會來喔，過完年開學了，我們就會再來了！」再放下他，他安心地跟我再見。

對於這些小小孩們，擁抱是超越語言的療癒力，他們在那裡感覺到安全和愛。成年人反之，我們習慣用界線來確定彼此的安全。孩子們自有純淨的心，能爬過這些界線，洗淨大人界線裡的傷口。

真的是我給了他們安全與愛嗎？應該是他們用擁抱療癒了我。

蒲團裡的想念

輕輕的風，柔柔地送。
快來快來，打開打開。
藏了一年的甕，夢了一年的夢。

甜甜的佛，笑笑地說，
別急別急，打開打開。
藏了一年的甕，夢了一年的夢。

甕裡的信，在這裡，平安依舊。
夢裡的你，在那裡，平安與否？

酸酸的淚，偷偷地流。
慢點慢點，衣袖不夠。
好想好想你，親愛的朋友。

軟軟蒲團，借我躲躲。
慈悲佛陀，不要笑我。
幫我保護他，平安又快樂。

甕裡的信，在這裡，平安依舊。
夢裡的你，在那裡，平安與否？

這首詩的創作背景，是這次回小林村，常法法師在車上說的故事。甲仙安心站在去年（二〇一一）八月辦了一個探索營，活動中請孩子們寫下一封給自己的信，封在甕裡，約定一年後打開。今年八月，孩子們回到安心站打

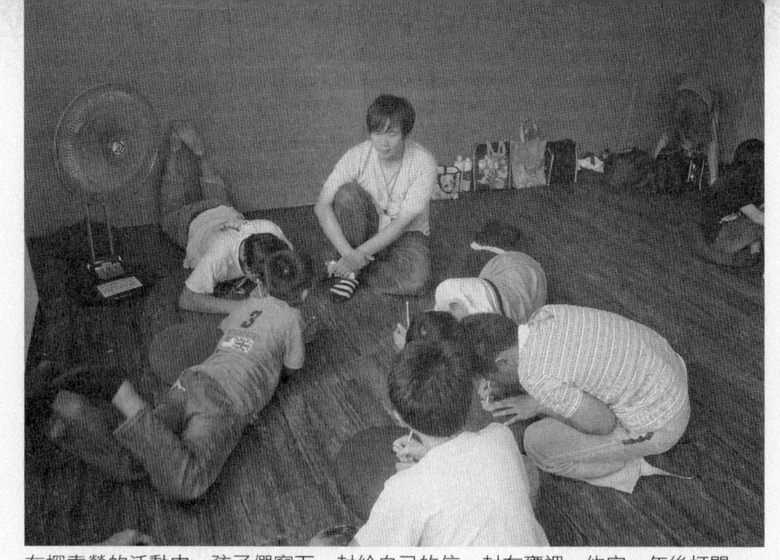
在探索營的活動中，孩子們寫下一封給自己的信，封在甕裡，約定一年後打開。

開甕，讀一年前自己寫給自己的信。一個小林村的男孩，讀完信後開始畫畫，在紙上畫了幾個長方型，看起來像是教室的窗戶。畫到一半就畫不下去，拿來給玲華師姊。師姊問：「這是你的教室嗎？你想要以前的同學跟你一起回學校上課？」男孩沒說話，抱著蒲團跑到一邊角落去。沒多久法師發現他的臉不見了，變成了一顆蒲團。法師走過去看看他怎麼了，發現蒲團後面的男孩在偷偷掉淚。「很想你的同學喔？」男孩點點頭。法師拍拍他的背，無聲地離開。

錯過的盛世

昨天在甲仙安心站的書櫃裡，找到一本書——《東勢人與臺大人的九二一地震十年課》。就跟師姊請回家裡讀，今天一口氣讀完，畫了一大堆重點。

書本的作者群是系上的老師和學長。由吳英璋老師領軍，蕭仁釗當大將，加上林耀盛、洪福建、姜忠信、柯書林這些學長們，他們組成「臺大九二一東勢心理復健小組」，從九二一後，一九九九到二〇〇九這十年間，持續往返在臺北和東勢之間，不斷在當地進行培力、帶團體、支持的工作。

書林學長在跋中寫：「這十年來，他跟著博班學長進東勢超過百次以上……。」

看到這個數字，我怵目驚心。雖然一向對「以數據論功勞」不以為然，但自己真的行動之後，才知道這十年百次，是多麼不簡單不簡單的願力啊！不管是否真帶了心理專業進去，十年陪伴，目不識丁的阿婆也有療癒功力！

看完了覺得熱血超澎湃，對自己畢業於心理系感到驕傲！臺大人最為人詬病的不就是眼高手低嗎？這些學長撕掉了這個標籤。然後有一點點遺憾，九二一時我高三，隔年我進心理系，二〇〇四年畢業。這四年間，應該也是這些學長們奔走災區的時候，可是我竟然都沒參與到！

要是當年自己躬逢其盛，多少偷學一些，現在在小林村的一切，應該也會更有頭緒一些！

我覺得，系上的訓練一直重學術與理性，少了使命感和價值的賦予。這些故事多感人、多有力量啊！要是在新生訓練時，就讓我知道系上正在（或曾經）投入這麼一件意義非凡的事，我會更知道自己在心理系的定位和方向，也能開始去譜出自己未來的學習藍圖。

不只是臨床組，每一組若能把在學術上、臨床上、行動上，各種「感動人心」的發現，讓更多學生知道。青年們的心才能慢慢找出志趣，尋到自己願意投身的領域。

或許，現在年輕人誰談感動呢？也或許，心理學晉身「科學」之後，強調的是實證主義，研究者是否還在乎感動呢？他們習慣去談論自己的感動嗎？

為了以上原因，自己算是當了心理系的逃兵。頂著心理系畢業的幌子，做些不像心理系做的事情。慶幸今天翻開了這本書，我才有了一點回家的感覺。

迷路，在空洞的知識世界

給自己出了一個任務，想在寒假給小林夥伴培訓。寄信給吳英璋老師，然後收到仁釗學長的回信。學長給了一個滿核心的問題——你們的需求是什麼。然後我就開始找資料、思考。

在Google搜尋「八八、創傷」等關鍵字，跑出來很多很多東西喔！首先，找到PFA（Psychological First Aid），心理急救手冊完整檔。然後梁培勇老師寫給那份災難兒童心理復健的PPT檔，也找到了。接下來，像挖寶藏一樣，一個一個挖出來：「debriefing」、「創傷反應的因應自助小錦囊」、「進入災區之心理衛生工作人員的職前訓練」……。東西愈來愈多、愈來愈多，然後就發現了一個大補帖網站，把所有災區該用上的知識與方法都囊括了。

忽然之間我卻覺得迷路了。光是描述災難後的心理歷程，至少就看了三

在災區，我們最大的需求，還是「人」。一個帶領我們走出知識迷宮的人，一個帶領我們走進真實世界的人。

種版本。資訊多到爆炸，要是真讀完這些，應該可以來報考研究所了。

可是在這一堆知識性的東西裡，我看不到核心的東西——讓人感動的力量。

我也知道橋歸橋、路歸路，怎麼可能期望學術性知識性的文章裡出現個人生命經驗的分享或感動呢？這樣寫就不倫不類了！是啊，我當然知道。只是一直感到在災區的行動中，最缺乏的不是 knowledge, skill, resources，缺少的是 commitment。知識在哪裡，衛生單張在哪裡：「當你感到低落時，盡可能尋找你能信任的人談談你的感覺。」

廢話，這還用你教？問題是：誰可以信任？誰值得信任？我能跟誰傾訴？有能力閱讀、有能力照著手冊自己操作的人，他還需要人協助嗎？以現在網路的發達，一個願意自助的人，還怕找不到資訊？但，那些走不出來的呢？那些不識字在山村野地扛鋤頭種芋頭的人們呢？這些知識距離他們太遙遠了呀！

八八水災後，大部分的救災團體在三個月就撤離下山。而在小林村，災後三年還留下來的，只剩我們這個團隊。而我們只是一群沒有專業背景、二十來歲的毛頭青年啊！這些豐富而詳盡的「指導手冊」為什麼進了災區就無法執行？因為，沒有人。找可以信任的人談談你的感覺？在災區，光要找到這個人，就已是一種奢望呀！

在學術殿堂，心理學家應該為知識的真而戰，但在社會有難的時候，是行動優先，而非知識的爭辯與堆砌。過度強調專業，或許反而扼殺了很多有心但「擔心自己專業不足」的人進場。

這是今天迷路之後的一點感想。我們最大的需求，還是「人」。一個帶領我們走出知識迷宮的人，一個帶領我們走進真實世界的人。

颱風天的雜記

颱風還是來了，現在掛念的地方多了一個，不自覺就會擔心起小林的狀況。法師明天還想進去，師姊今天還是在山上挨家挨戶送月餅，真是佩服他們的願力。

下午去草地上走路，慢步經行。身體一慢下來就有一種想哭的衝動。大概是太久沒和內在連結，心地紛亂太久，終於有回家的感覺。走完之後躺在大地上看天上烏雲，黑壓壓飄過去。問著自己——我要去哪裡呢？

回家聽媽說晚上有大悲懺法會，趕去參加。在持爐行走間，感覺經文一字一句清清楚楚從這個色身被送出，發出聲音。若色身是四大假合，那這些曾被發出的音聲也不過是假中之假。敗壞了分解了變成碳氫氧氮硫了，什麼是被留下的？什麼也沒留下，就只是曾經那麼一念的「願意」。這一念「願意」，讓風不再是風，空氣不只是空氣。

迴盪的低吟，是許多許多輪迴流浪很久很久的性靈，一起在這裡的許諾——我願。

騎車回家覺得身心又被洗滌一番，要是每天都這麼清朗該有多好。

妒

有一段時間法師常常來甲仙安心站，他會坐在我位置前方的大長桌上，打開電腦工作。有時候他或我想到些什麼，就會抬起頭，交換一些想法。

安心站每一項活動的背後，其實都有其縝密思考的脈絡。譬如我們會去設想參與者的心情狀態、特質、文化背景、和安心站的關係走到什麼程度，以及希望他們能從活動中體驗到什麼，一一量身訂做，把最適合的「菜」端出來。

這樣的工作討論，常常不會只停留在表面的課程設計。而會深入到關於生命本質、受苦經驗、甚至個人的修行議題。我並不總認同法師的觀點，法師也是。那並不是一個駁倒對方的歷程，而是讓自己更深入、更深入地潛到底層，用整個生命去思考與感覺。

如果災區是個禪堂，這樣的對話就像小參，幫助我一次次斬去迷障，快速成長。在外顯忙碌的工作背後，它讓我有回歸修行的踏實感。因此，我很珍惜每一次和法師的對話時光，也很享受那種一起思考又突破的感覺。

一次，又如往常，我和法師又在安心站裡分頭工作。法師忽然抬起頭來，跟我說：「憲宇，玫吟這篇結案報告寫得真是好耶！真開心，這些年輕人來我們這裡工作，都一點一滴在成長！」

我抬起頭，對法師笑了笑，卻忽然感覺到——自己的笑容竟然有點勉強！法師又繼續稱讚了玫吟幾句，我卻在那短短的幾秒鐘裡，歷經一個非常難受的心理歷程。那是一種嫉妒、一種受傷，一種不想別人成長的自私想法。一種想繼續當「法師眼中獨一無二」的占有意識。

完全出乎意料，我從沒意識到自己存在這種念頭。還好，覺察到了之後，我在心裡對自己笑：「唉呀！你真是傻啊！」用開放的心情自我解嘲一番後，內心又復歸平靜。

這樣的歷程，真是一次寶貴的學習。一直以來我覺得自己還算完整，世俗的讚美都已不會讓我動心，能不依賴別人眼光，清楚過活。然而，在面對像法師這樣的人，自己「真正覺得能理解我」的「重要他人」時，我還是逃不了這一關，會想討好、表現、得到肯定。

好友慧蓉在看了我寫的一篇寓言故事〈法師，狐狸，與一片落葉〉後，問我：「你是那隻狐狸嗎？」那時我覺得自己只是單純創作，沒想到誰是誰。現在我可以明白，自己確實就是那隻在乎法師的狐狸。

在精神分析的概念裡，曾用「移情」來描述個案和分析師之間的關係。個案會把童年對重要他人（通常是父母）的情感和需求，轉移到分析師身上。高明的分析師就能善用移情，讓個案更接近內心的真實面貌。

很慶幸，不用透過精神分析，這次「妒」的經驗讓我又更看清楚了自己一點。捨去妄念之後，又可以繼續往前走了。聖嚴法師說，我們身上累世累劫帶來的習氣，就像千年大糞坑，臭得不得了。如果我們別過頭去假裝看不見，糞坑只會愈來愈臭。當我們願意面對糞坑，把髒與臭全部坦然收下，真正的成長才會發生。

謝謝佛法，在那麼一個不經意的瞬間，讓我又更透明了。

從一個家，到另一個家

不知什麼時候開始，我的生活已經成了四處游牧的狀態，在臺東、屏東、高雄、小林四處奔跑。即使回到屏東，待在家裡的時間也短，常常待一會兒又出門忙。雖然如此居無定所，我還是常常在移動之中感覺到家——很多很多的家。

這次休假五天，我準備搭車返回西部。離開臺東的早上，在搭火車前繞去信行寺，向佛菩薩告假，暫別臺東的家。「不在的這幾天，希望有更多菩薩來寺裡幫忙。」我默默說了這句話。

兩天後，在高雄三民精舍開安心站團督會議。午休時間，問了三民的師姊哪裡可以打盹。師姊們讓出閱覽區椅子給我，我就坐下來放鬆身體準備休息。忽然察覺右手邊前處站著一個人哩！原來是三民精舍供奉的地藏王菩薩像。「請菩薩保佑，今晚小林的活動順利。」向地藏王菩薩發了個願，闔眼睡去。

傍晚開完會後，準備趕車進甲仙。三民精舍的師姊一雙快手，炒了一桌菜出來，我們一人一板凳，抱著碗，散在廚房各角落「吃快餐」。三民的師姊像媽媽一樣，一直要我們多吃一點、水果再多拿一點。那桌飯菜真的好吃，雖然沒有時間好好享用師姊的愛心，卻讓我們十足感受到家的可愛。

晚上在小林村帶孩子提完燈籠後，回安心站過夜。由於男女有別，安心站住宿空間不夠，玲華師姊只好要我和文一在佛堂地板打地鋪。安心站的佛堂在二樓，是非常陽春而克難的「災區小佛堂」。地板是木紋塑膠地磚鋪出來的，供了一尊祈願觀音像。睡前在佛前晚課，一個人站在這山城小佛堂裡，輕輕把〈大悲咒〉念過三次。

窗外的街道靜極了，偶有一輛往那瑪夏的車子滑行而過，又恢復一座山城該有的寂靜。三年前的農曆年假間，我第一次來安心站，甲仙街上不只晚上安靜，連白天也是。那是哀悼的靜、也是療傷的靜。三年過去，山城的人們日出而作、日落而息，在日子裡重建了家園。那深埋的傷，不知是否也跟著好些了？

佇立山城的甲仙安心服務站，窗外街道盡是寂靜，那是哀悼的靜、也是療傷的靜。

在佛堂的一角躺下來，以方墊為床、蒲團為枕，準備就寢。佛桌上的燈，透出昏黃色光暈。忙了一天，早已累癱了。在祈願觀音的看照下，很快就睡著了。這裡是甲仙安心站，是夥伴們和我在山裡的家。

隔天下午開車下山，讓文一在市區下車後，載法師回高雄紫雲寺。晚上有傳燈法會，法師要執掌法器，我則順道來參加。

來到紫雲寺時已稍晚，大眾幾乎都已用完藥石，我抱著碗去盛飯菜，一個師姊笑瞇瞇地對我說：「這麵剩下這一點，都給你吧！啊，還有這青菜也是，剩一點很麻煩。」沒等我接話，麵和青菜已滑進了我碗裡。我暗暗吃驚，這師姊這麼厲害？知道我在信行寺也常擔綱如此「吃重角色」（專門發心解決剩菜）！

法會中遇到燕珠師姊和欣哲師兄。欣哲師兄前陣子家裡的老菩薩往生。往生前半年，他白天工作，晚上回醫院照顧外婆。日夜不眠不休，假日還進災區當慰訪義工。長期勞累，他的身體也出了一點狀況。「這沒什麼，外婆從小就很照顧我，不知道為什麼，我就和外婆特別親。能送老菩薩最後一程，也是我的心願。」

法會中念到〈四弘誓願〉時，站在我身旁的欣哲師兄，把「眾生無邊誓願度，煩惱無盡誓願斷」這幾個字，念得鏗鏘有力、字字堅實。我有點吃驚，因為那懇切的力度是我從沒用過的。或許，那就是支撐他走過這半年的力量來源吧！

開始繞念了，我們沿拜墊一邊念佛、一邊經行，果迦法師引導大眾的聲音在大殿裡迴繞，我們隨著佛前六位法師，一步一步往前踏去。據說紫雲寺當天來了八百多人，一樓、四樓、五樓的三個殿堂同步進行法會。但我對這樣的人數沒太大感覺，生命的覺受與慨悟、信仰的相契與交付，是如此微細而關乎個人的事，又豈是規模盛名所能載負。

也因此，多年來，我始終是個游離分子。什麼？你還算游離分子嗎？是的，我從未在法鼓山護法體系內領過正式的職，連法青會都沒參加過。職務沒有，可做的事情卻很多，這是我理想中的「位置」。一個組織大了，難免有太多地方需要瞻前顧後，怪不了別人，只能怪自己還有放不下的獨行傲慢。

縱然游離，我卻依然心安於這個「家」。從東岸到西岸，再從平地進入山裡。我從一個家，晃到另一個家，在每一處都感覺到這個大家庭的親切與溫暖。生命流轉，何處是家？

「一缽乞食千家飯，孤僧杖竹萬里遊。」

阿彌陀佛的聖號依然繚繞，在腳步與腳步的中間，在念與念的中間，我和「我的家人」們，走。旁若無人，走。

忙忙忙，好幸福

昨晚回到甲仙，已是晚上六點。我們在和安活動中心前卸行李，跟孩子一一道別，然後拉著自己的行李，慢慢走回安心站。

傍晚的甲仙，夕陽早就看不見了，山頂上卻還緩緩亮著，好像在為這最後一段路打氣。一竹走在我的旁邊，我很高興他沒有找我講話，此時我真是累到說不出話來了，只希望可以好好走路、專心地走路。

四天三夜的兒童營，我們帶了兩台車的小朋友，從甲仙到金山，從山巔到海邊，像是打仗一般，碰碰碰碰八十小時，竟然也就這樣恍若隔世般地結束了。

離開、擦撞、震盪，我們都練習著怎麼在舒適圈之外的世界，快速站穩腳步、拉開補給線、把快樂和智慧，送到孩子的手上。

還不能忘記內心的安定。

關於安定，我以為自己已經做得很好了。

在營隊第三天的下午四點，法師和師姊告訴我，晚會的音響和燈光設備都還沒好，營地的負責人剛剛開車出去借，但他離開之後一直聯絡不上，許多的後續狀況，我們必須一肩挑起，做最大的打算和準備，我銜命主持最後的感恩晚會。

我的營地十小時狂奔，正式展開。

先是泰雅族老師離開之後，課程出現空檔，我奉命立刻上場撐半小時，教小孩唱太巴塱之歌。等孩子去用藥石時，我開始到垃圾堆裡挖大大小小空瓶，借來大美工刀，在大石頭上揮刀製作燈杯，速度快到我都覺得只要一不留神我的指頭就會濺血。最後進房間和玨華一起趕回顧影片的結尾，兩個人跪在地上努力找照片想文字，我第一次抱著頭命令自己的大腦快啊快啊！把文案想出來啊！終於知道什麼叫作絞盡腦汁的感覺。

晚會開始前，場地上有很多爛泥，我和家億拿著掃把刷子到處尋找小碎石，碎石一倒上去，我就在上面快速踩踏，想盡辦法把那些爛泥區填平，我覺得自己變成《奇蹟的夏天》的足球隊員，左腳右腳高速交替。感恩晚會開始後，影片匯出的速度卻異常慢，我一邊鎮定主持，一邊處理麥克風沒電和音量的問題，還得不斷依據影片的匯出進度，調整節目順序，請家葯和家億臨危受命，上場和孩子說說話。

好不容易主持完了，發現學員的睡袋卻還在遊覽車上，我開車載著豪仁出營區，叫醒已經準備睡覺的遊覽車司機（此時已是晚上十二點），鑽進後車廂裡把睡袋一個個拉出來。回到營地，帳篷正要開始搭，我們放下睡袋，馬上又投入搭營帳的行列，慶幸夥伴和孩子們通力合作，營帳得以在十二點多蓋好。把孩子送進去睡覺之後，我們繼續開會，直到凌晨兩點。

我跑，跑過跳動的營火、跑過開心的孩子、跑過叫我趕快去吃飯的美東師姊、跑過一個又一個面孔模糊的人。有人大喊我的名字，但我已經無法回應他，我的世界沒有了飢餓、沒有了時間，只剩下眼前的路，一條黑黑長長的路。

會議結束後，大家一一去休息，我走到溪邊刷牙，那羅溪的溪水咕嚕嚕地陪我漱口。望向黑漆漆的河谷，才想起自己今天竟然忙了快二十四小時，在各種不同的任務中快速轉換角色。這種被逼到極限的感覺，上一次竟然已經是十年前，在秀林國中搶救孩子的時候。

十年前的我有恨，有無力，有「事情為什麼會這樣子？」、「為什麼只有我一個人，其他人呢？」的生氣。

今天的我不一樣了，我知道所有的人都盡力了。而我很高興，我沒有辜負自己，我知道自己每一分每一秒都很盡力，都對得起孩子，都對得起自己。

唯一還不足的是，我還沒辦法做到「趕而不急」，我很焦慮，焦慮得很用力，在風雨飄搖之際，我還沒有能力站出足夠的安定。

但和許多一輩子不知為何勞碌的人相比，能為師父的願而忙、為孩子的慧命而忙，我實在是太幸福了。

「小林札記」之書寫反思

甲仙安心站今年（二〇一三）年底確定要撤站，結束在八八災區的任務了。法師之前與我花了一個禮拜，來回討論，把最後一年的企畫書寫了出來。很多事情要收尾，很多人要告別，很多的力量要送上。

對我個人而言，準備要開始整理這幾年的文字紀錄，希望可以做為給孩子和夥伴的共同紀念。

剛剛收整了一下「小林札記」（編按：作者當時於部落格發表小林村相關文章時，即以「小林札記」為名。），成篇的已有二十八篇，未完成的（躺在我筆記本裡的）還有十多篇。

那天和家宇在屏東碰面，結束後我載他去火車站，他聽到我要開始整理小林札記，跟我說：「可是『小林札記』沒有《山海日記》好看耶！」

是啊，這是早就預料到的事情。《山海日記》的時空背景，是我將整個人埋在裡頭，二十四小時和孩子活在一起，場景是開闊的，時間軸度是連續而綿長的。而小林因為服務型態與時空上的限制，使我們只能透過一個個不連續的切面，慢慢把觀察累積起來。身為記錄者，其實可以輕易感覺在寫小林札記時的局促感，知道這些元素，還不夠、還不夠……。

送走家宇之後，我心裡冒出一句話：「但，這又有什麼關係呢？」如果，小林這幾年的災區工作經驗，目的就是要尋找一種「遠水救火」的陪伴模式，那麼，鏡頭裡的不連續與片面，本來就是這種模式必然會出現的結果。

但如果，鏡頭再往後拉，我們會看到，這些志工們可不是每天「櫻櫻美代子」。

有人在當兵，有人在醫院或學校實習，有人為畢業製作焦頭爛額，有人分手失戀，有人家裡出了事情。這些人在自己本來的生命處境裡，又挪出額外的心力時間，給了小林。若以此角度觀之，才能體會小林的行動之不易。

那天在整理小林的紀錄，才發現四年來，小林心靈陪伴總共發起九十二次活動，動員的義工人次超過上千人，而投入的時間早已無法估量——上山一次，包含交通往返時間，就得花上九小時。這還不計入其他籌備、討論、剪接影片、給孩子寫日記的時間。

我並非量化評鑑的信徒，事實上，小林團隊的義工，沒有一個人跟我要過志工時數證明。這些數據成效，從來不在我們的算計之中。可是基於時空隔離的因素，很遺憾，我們仍然無法常駐當地，只能用跳島方式接力上山。

小林的行動，展現的如果是像連加恩、賴樹盛那樣「長期蹲點」的義工行動，我想一般人的感覺會是——「好厲害，但很抱歉，我做不到！」「小林札記」卻可以讓大家知道——這種兼顧學業家庭工作的災區行動，是有可能的。我想，這對臺灣未來的災區工作，應該也是有參考價值的吧！

躊躇中的願力

二月二十二日的晚上，是元宵節的前夕。我們帶著孩子們提起燈籠，走進社區。燈火點亮的瞬間，孩子的歡呼跟著響起，四處蹦蹦跳跳，像一隻隻夜裡發亮的小兔子。幾個家長不知從哪裡找來了煙火，把絢爛的花火沖往天上。黑夜中光明瞬亮，山谷裡喜悅震盪。世界離我們很遠很遠了，在這裡、在現在，我們只剩下開心，很多很多的開心。

這一晚的善緣，實在得來不易。

早在二月初，玲華師姊就告訴我，法師希望再帶孩子提一次燈籠，當作這學期的開始，也讓孩子溫習三年前提燈籠的感覺。當時我看了看工作班表，發現元宵節前一天我有假，後一天我也有假，偏偏元宵節當天卻得上班。而元宵當天適逢週末，按照經驗，若要找人換假，是很少人會願意的。

因此本來都決定好，我不回去，把活動訂在二月二十三日晚上，由小林二班的夥伴支援。沒想到，後來得知二十三日全國都得補班補課。不只小林的孩子當天得上課，本來能上山的小林二班夥伴，也宣告無法成行。

於是調整成第二方案，活動延到二十四日早上，重新詢問夥伴們二十四號的意願。探問之後，大家當天都得參加學校一整天的培訓，只有一個人能來。

好事多磨，大概就是如此吧！反覆溝通協調後，我們幾乎已放棄在元宵節提燈籠的構想了。因緣如此，只能延期舉行。

儘管如此，從法師的信和師姊的電話中，我可以感覺到，他們是非常非常希望可以再帶孩子提一次燈籠的！（雖然法師來信內容寫的是：慢一點開始應該也ＯＫ的，沒關係。）我們心裡都清楚——明年的這個時候，安心站就已經不在了。要回味三年前那次元宵夜的感動，就只剩今年了！

我悄悄地發了一個願，卻知道這個願要實現，是很難很難的。像對著夜裡的大海拋出一塊石頭。你不知道它會飛去哪裡，看不見、也聽不見。

日子一天天過去，我在臺東，法師和師姊們在高雄，我們仨在臺灣島的兩端，等待這「千百不願意成定局」的定局，慢慢走到元宵節的前夕。

元宵節前最後一次上班，一個學長忽然問我：「你明天想不想排休？」

「啊！學長，明天是週末耶，你不想放嗎？」我非常驚訝。

「沒關係，你遠道來，應該讓你回家放假，我跟你換。」

這簡直太神奇了！就在我下班前的最後幾小時耶！而就我所知，學長週末還在空大進修，他怎會把自己週末的假拿出來跟我換呢？

如此不可思議，只是接下來一連串神奇的第一件而已。

隔天一早下班，我搭火車回家，立刻讓法師和師姊知道，我可以上山了！我們決定把進小林的日期提早到二十二號晚上。那天我們要在三民精舍開一整天的會，會議結束後，就從高雄市開車上山。

雖然我的人是空出來了，但真的也只有我「一個人」空出來了。其他夥伴依然沒辦法來。好吧！但我早已抱著壯士斷腕的決心了。第一年的第一次元宵節，也是只有我一個人，在最倉促的狀況下走馬上陣，一樣可以成行！

一個人沒問題，但燈籠的材料呢？從哪裡來？

活動前一天，我打電話到安心站，發現師姊們都在忙著準備明天的會議，無暇抽身出來張羅燈籠材料。眼前最佳辦法，就是要找到現成的材料，用最少的時間解決問題。

於是我和玲華師姊，開始到處想——哪裡可以變出燈籠材料呢？玲華師姊想到總本山有一批燈籠，而我則想到信行寺新春園遊會有燈籠ＤＩＹ體驗，說不定材料還有剩。我們同時展開聯繫，並在臉書上即時回報結果。

信行寺很快就有了回應，常參法師在電話那頭說，燈籠數量全部足夠，還會把鑽子、剪刀、蠟燭、筷子等等工具全部附上，並用最快的方式幫我們寄到三民精舍。

活動前一天，短短半小時，燈籠材料也到位了，這是第二件的不可思議。

二月二十二日當天，我們在三民精舍開會。會議順利，信行寺的燈籠也如期抵達。下午四點，敏麗老師特別撥空從臺南趕來，和我們討論這學期的活動規畫。討論熱烈，當牆上時鐘的時針指到下午五點時，我們卻還意猶未盡。

「老師，抱歉，雖然很不想打斷，但因為我們還得趕上山，所以可能只能先討論到這裡了。」

小林心靈陪伴活動最後一年的元宵提燈活動，在集眾人之力下，終於如願圓滿。

「上山？你是說要進小林嗎？」

「對啊！」

「憲……宇……！你……昨……天……竟……然……沒跟我講你們要進小林……。」

老師表情誇張，我卻有點不知所措。

「呃……老師，怎麼了嗎？」

敏麗老師根本沒回答我問題，轉身拿起手機，開始打電話。

「喂！某某，今天我想跟一

群義工一起上小林村看看，他們晚上有活動。你要不要一起來？」

法師、師姊和我面面相覷。

「OK了！晚上你們活動幾點開始？我還得趕回臺南載我朋友，等等我們在甲仙碰頭。」老師俐落掛上電話，爽朗地說。

劇情走向太突然，用「驚！驚！驚！」也無法形容我當時的心情。本來已經打算孤軍奮戰了，這些護法龍天卻在當天一個個冒了出來！文一是第一個，本來他只是來開會，卻在會後決定一起上山。敏麗老師則是第二個，而這位我心目中的災區超級戰將，一個還可以抵十個！

情勢至此，因緣逆轉。本來就要流掉的元宵燈籠夜，最後竟湊足了兩輛車、八個人、一

製作完成的燈籠點上燭光，孩子們將歡喜地提起燈籠，準備遊街。

百多份的燈籠材料！這些善緣，在短短兩天之中，從臺北、臺南、臺東各地湧入到齊，成軍上路。

躊躇中的願力。

這是我心中冒出的六個字。

小林三年，從第一次的燈籠夜行，到這一晚的元宵燈籠夜。我們總是這樣，在那麼多那麼多的未知、懷疑與不確定中，一邊摸著石頭，一邊抛出我們的願力。黑夜裡的石頭看似沒有回音，卻在我們看不見也聽不見的世界之外，默默悄悄地，為我們開路闢土。

我想起法師說的一個故事。

八八水災剛發生的時候，法師和冠如被奉派駐紮南部，法師負責跑六龜，冠如則進甲仙地區。每天一大早分頭出門救災，深夜才返回紫雲寺休息。那時災區百廢待舉、亂成一團。受災民眾心慌，其實救災的人也處在高度的壓力與疲憊之中。

「頭幾個月大家的壓力真的很大，每天看到那麼多亟需要做的事，到底該從哪裡開始，其實心裡是很急很緊的。彼此在溝通上常常會比較沒有耐心。」

「那時候，我其實有點躲著冠如。每天深夜從六龜回紫雲寺，我知道冠如都還沒睡，她在等著問我『該怎麼辦？』我知道她在甲仙也很辛苦，但當時的我，真的也沒多餘能量再去解決她的問題，只好逃避，一回來就趕快進寮房。」

「有一次回來，被她『堵』到了，她又問我『該怎麼辦？』，我回她：『我也不知道該怎麼辦！』冠如很不諒解地說：『你是法師耶，你怎麼可以不知道怎麼辦！』」

「可是，我是真的不知道該怎麼辦。」

法師緩緩說出這句話時，我心裡痛了一下。

一個是同班四年的大學好友，一個是在災區共同奮鬥三年的法師。兩個這麼努力的人，因為悲心，把自己逼到生命的極限。我幾乎可以想像他們的表情、他們的聲音，以及他們對話時的張力。兩個身心具疲的人，帶著無力與因無力而產生的憤怒，在深夜的紫雲寺裡相對無語。

「每天有太多太多的狀況要處理，有太多太多片片斷斷的訊息。災區的變化，早就超過我們現有的專業和能力。根本不知道什麼才是最好的判斷與決策。」

「最後我只好告訴冠如『你在現場，能怎麼辦，就怎麼辦。如果都不知道怎麼辦的時候，就做吧！做了再說。』真的只能這樣，在臺灣，像八八這樣大型的水災我們都是第一次碰到，也沒有教科書和其他經驗可以做為我們的指引。」

「做下去之後，事情真的就慢慢有了一些輪廓。有些線，是值得繼續下去的，有些線試了發現因緣不具足，就緩一緩。在混亂中，先往前走一步看看，即使錯了，就一邊修正，一邊再往前試試，慢慢的路就這樣走了出來。」

「八八的歷程，我們會努力把一些經驗紀錄下來，希望以後的人不要再那麼辛苦地摸索。但我最想讓未來救災的人知道的其實是──『亂，是自然的』。災區工作者如果能先面對、接受這樣的『亂』，大概就能比較坦然地繼續往前走。」

躊躇不是逃避，而是因為太想好好面對。

躊躇不是慌亂，而是時時刻刻的謹慎與準備。

躊躇不是「不知道」，而是一種謙虛與坦承——知道「我們現在還不知道」。

救災如此，人生不也如是？看不清的混亂、參不透的考驗。

若小林的孩子未來看得到這篇文章，願他們也能在躊躇之中，記得鼓起勇氣，面向他們的大海，一次次拋出善好的心願。

雖然看不見也聽不見，但要相信喔！飛向宇宙大海的願石，它一定會的，它會帶領我們——行過水窮處，涉過一川又一川。

小林，再見

法鼓山八八水災的專案計畫，以四年為期，將在二〇一三年底畫下句點，小林心靈陪伴這項行動也將告一段落。最後一年，法師與全體義工，即有意識地開始「練習說再見」。我們清楚，四年患難與共的情感，需要足夠的時間來好好道別。不只對災區菩薩，對我們自己亦然。

上半年，我們邀請敏麗老師再度上山，透過沙遊，讓孩子再次整理受災心情。我們也帶著孩子與家長一起到日月潭，並在晚會中正式宣布安心站撤站的消息。至此以後，離別這件事就正式按下了碼表，滴滴答答地倒數著。

許多事情開始變得有點不一樣。翁奶奶來安心站的次數多了起來，她常常一個人從小林村搭車下來，在甲仙安心站前的站牌下車，拎了一包菜走進來，把每個人都好好看過一遍，彷彿在進行一種慎重的巡禮。放學後，小夏也常常和她的麻吉阿欣晃來安心站，他們最常坐在門口前的桌子，介紹一些我沒聽過的韓國明星給我認識，並且爭執著哪一個比較帥之類的問題。放學最常報到還不是這兩位女生，而是阿泰。每天下午四點，他必定準時出現，作亂一陣，再回家吃晚餐。晚餐後又會再度騎腳踏車來報到，並且蠻橫地「央求我」陪他出去散步。

我們彼此心照不宣地知道一件事，並且用了各自的方法，等待時間過去，等待那一天的到來。

九月二十八日，是小林心靈陪伴畫下句點的最後一日。我們邀請了曾經來過小林村的所有義工，包括許多已經到北部的夥伴，如承寬、士軒、璨瑄、文一等，都排除萬難上山。而永齡中興分校的夥伴，也組團從臺中趕到。報名後細數下來，竟然有近百人要趕上山。

最後一次，我們決定在小林國小裡「種樹」。徵求過校長同意後，我們跟林務局申請了一百棵臺灣原生種的樹苗，包括烏心石、竹柏、黃連木等等。另外，我們也透過網路，找到多年前和法鼓山合作「臺灣百合復育計畫」的高雄茄萣國中，他們也寄來數十個百合球莖。這份源自金山的百合花，又輾轉來

小林前後期的所有義工，放下手邊的事情、從臺灣四面八方趕回來，只為圓滿這一場美好的相遇。

到了小林。

樹不只是樹，我們為樹增添了許多的意涵。「小林」本身，就具有樹木的意象。而樹也象徵了過去的同學，他們的身體化為大地，以樹的形式再次現身，以樹根緊抓土壤，以一種無聲姿態守護著我們。我們希望，小林孩子能把對同學的想念，寄託在每一棵小苗上，並從照顧樹的過程中，讓祝福有了寄託之處。

把活動的意義介紹過

後，夥伴們領著孩子，各自出發到校園各角落開始種樹。鋤頭、鏟子、圓鍬，乒乒乓乓此起彼落。小的孩子挖土，大的孩子掘樹洞，敲到大石塊就由大人接手。此時天空竟下起了毛毛雨，細細斜斜來回飄動。維維她們那一組負責在教室後的小坡上種百合花，遠遠對我喊：「噶柱！下雨了，要繼續嗎？」我站在士軒這組的位置，看到孩子們依然賣力工作，沒有一點退卻的意味。於是喊回去：「不用，繼續！」

當孩子專心一意，把力量投注某處時，大人需要做的，僅是看顧與成全。捨不得打斷，我知道，他們正在走那個歷程。

時間一分一秒過去，雨仍沒有停的意思。我在校園裡來回走動，時時評估是否該收工。阿雅和小慧他們跟著一竹姊姊，站在學校玄關前的車道旁，我走過去關心。阿雅轉頭跟我說：「噶柱，我們不想停，我想把它種完。」雨水、汗水，在孩子的臉上靜靜流淌，仔細端詳，都是滿足的表情。

我抬頭望向那灰濛濛的山色，想起了四年前那場滂沱大雨。那曾讓孩子害怕的雨啊，今日卻以溫柔的姿勢緩緩飄落，像在撫慰，也像滿懷著道歉。

種樹總算告一段落，我們回到視聽教室。此時輪到小林孩子上台，他們胸前掛著一只陶笛，魚貫走上台，帶著靦腆的笑容對大家一鞠躬後，陶笛的聲音緩緩送出。這首叫〈風之彩〉的曲子，我們已在多次場合聽孩子演奏過。本以為自己不會有太大感覺，誰知，也許是離別作祟，那稚拙的笛音彷彿具有某些力量般，領著我們一個個跌入回憶裡。

第一次上山，提著燈籠夜行山中。

第二次上山，我們畫下一棵棵的小林之森。

無數次的羽毛球飛上天空，我們用吶喊一次一次追上快樂。

在臺北城搭著捷運四處探索，搭著貓纜翻過一個又一個山頭。

孩子繼續凝神演奏，笛音如風流動，我們終究從回憶中抬起頭，把他們再次溫習一遍。

見面吵著要抱抱的小禎與阿銓，曾幾何時再也不來這套。阿盛也從一個善感的小男孩，慢慢長出英雄少年之氣。而過去在男孩堆中廝殺的女孩，一個個長成婷婷少女，舉手投足已多了矜持。孩子的身體與心靈一起長大，四年過去，他們都已不是當初我們認識的樣子。

光陰飛快，如石火光。四年種種，曾經那麼真實的種種，都已成為光影色塵。我意識到，今日的這場道別，終將被時間之流推向下游。孩子表演後，我們播放回顧影片、頒獎、輪流說出心底的話。翁媽媽哭紅了眼

翁媽媽真摯的發言，讓在場的人靜默動容。安心站前後任站長燕珠與玲華師姊坐到她身邊，陪她走過離別的這一刻。

睛，哽咽著說不出話來。所有人靜默無語，我則在心底念觀世音菩薩。水災後的這四年，她已成為小林孩子，以及我們所有夥伴最熟悉的媽媽，就像觀世音

菩薩那樣。我在心中為翁媽媽祝福，也深深感謝她。

夜晚不知不覺降臨山中，這場離別終究還是來到了盡頭。下山之前，我們和孩子一一擁抱、祝福，再一次喊出他們的名字。車子從廚房旁的停車棚出發，慢慢開過月色下的小林國小。孩子們開始追著車子跑了起來，那是他們向來熱衷且拿手的「歡送方式」（雖然常讓我們捏把冷汗）。我們搖下車窗，對著他們用力揮手。隨著車速加快，孩子的身影慢慢落後。更遠處，無數棵看不清楚的小林之苗，在山風中揮起枝椏，緩緩靜靜，帶著笑意。

再見了，孩子們。

再見了，群山圍繞的小林村。

再見了，那每一顆羽球劃過的湛藍天際。

五年過去了，村民帶著微笑與祝福迎向未來，通往小林的路上，依舊閃著翠綠的希望光芒。

琉璃文學 28

雲水林間——小林村心靈陪伴札記

Freedom in the Forest: A diary of spiritual counseling for the affected schoolchildren of Xiaolin Village after Typhoon Morakot

著者	黃憲宇
攝影	法鼓山慈善基金會
出版	法鼓文化
總監	釋果賢
總編輯	陳重光
編輯	李金瑛
封面設計	化外設計
地址	臺北市北投區公館路186號5樓
電話	(02)2893-4646
傳真	(02)2896-0731
網址	http://www.ddc.com.tw
E-mail	market@ddc.com.tw
讀者服務專線	(02)2896-1600
初版一刷	2014年7月
建議售價	新臺幣320元
郵撥帳號	50013371
戶名	財團法人法鼓山文教基金會—法鼓文化
北美經銷處	紐約東初禪寺 Chan Meditation Center (New York, USA) Tel: (718)592-6593 Fax: (718)592-0717

法鼓文化

國家圖書館出版品預行編目資料

雲水林間：小林村心靈陪伴札記 / 黃憲宇著. -- 初版. -- 臺北市：法鼓文化，2014. 07
面； 公分
ISBN 978-957-598-649-0（平裝）

855 103010816